Ellen Steiber

AKTE X

DIE UNHEIMLICHEN FÄLLE DES FBI

Groteske

Roman

auf Basis der gleichnamigen Fernsehserie
von Chris Carter, nach einem Drehbuch
von Howard Gordon

Aus dem Amerikanischen von
Frauke Meier

vgs

Erstveröffentlichung bei:
HarperTrophy – A Division of HarperCollins Publishers, New York
Titel der amerikanischen Originalausgabe:
The X-Files – Grotesque

Die Deutsche Bibliothek – CIP-Einheitsaufnahme
Akte X Novels – die unheimlichen Fälle des FBI. – Köln : vgs
Bd. 12. Groteske : Roman / Ellen Steiber. Aus dem Amerikan. von
Frauke Meier. – 1. Aufl. – 1998
ISBN 3-8025-2591-4

1. Auflage 1998

Coverdesign: Steve Scott
Umschlaggestaltung der deutschen Ausgabe:
Papen Werbeagentur, Köln

Satz: ICS Communikations-Service GmbH, Bergisch Gladbach
Druck: Clausen & Bosse
Printed in Germany
ISBN 3-8025-2591-4

Für Toby Fraud,
dem diese Geschichte gefallen hat.

Mein Dank gilt den Glasbläsern
von Philbaum Glass: Jerry Flannery,
Jason Metcalf, Matt Daggliardi
und Romi Epstein.

1

Auf dem Podest saß ein nackter Mann, so bewegunglos wie eine Statue. Er hatte eine Haltung eingenommen, in der der von oben herabstrahlende Scheinwerfer jeden einzelnen Muskel seines schlanken Körpers zur Geltung brachte. Er verharrte absolut reglos, wie gedankenverloren, als würde er die fünfundzwanzig Studenten gar nicht bemerken, die an ihren Staffeleien standen und sich bemühten, seinen Akt auf die Leinwand zu bannen. Oder jenen Studenten, der mit einem verstörenden, beinahe beängstigenden Eifer an seinem Bild arbeitete.

Peter Gilson, das Modell, unterdrückte ein Gähnen. Es war beinahe neun Uhr, und er war es nicht gewohnt, für den abendlichen Aktzeichenkurs zu arbeiten. Normalerweise saß er in den Nachmittagskursen Modell. Doch er war Kunststudent, und mit den Nachmittagsjobs allein konnte er seine Ausbildung kaum bezahlen. Außerdem arbeitete er gern für Rudy Aguirre, den umgänglichen Kursleiter der Erwachsenenbildung, der selbst ein talentierter Künstler und zugleich ein begnadeter Lehrer war – eine seltene Kombination, wie Peter aus eigener Erfahrung wußte. Aguirre beherrschte die Kunst, sowohl dem Modell als auch seinen Studenten ein angenehmes Gefühl zu vermitteln und aus beiden das Beste herauszuholen. Ihm fehlte die exaltierte Eitelkeit, die sonst nur allzu oft bei erfolgreichen Kunstdozenten anzutreffen war.

In diesem Moment bat Aguirre Peter, seine Haltung zu verändern, und er bewegte sich, so daß nun seine rechte Körperseite der Klasse zugewandt war. Peter saß bereits das zweite Jahr Modell. Es verunsicherte ihn längst nicht mehr, nackt vor einem Raum voller Studenten zu sitzen, die ihn allesamt anstarrten. Er wußte, daß er einen schönen Körper hatte, und es gefiel ihm, wenn andere Menschen ihn zeichneten und als Inspiration für ihre Kunst benutzten. Seine Freundin hänselte ihn deswegen gern und behauptete, das Modellsitzen würde nur einen eitlen Geck aus ihm machen. In dieser Nacht war ihm das allerdings vollkommen gleichgültig. Er war müde und gelangweilt, und er konnte es kaum erwarten, nach Hause zu kommen, eine Dusche zu nehmen und ins Bett zu kriechen.

Während die Studenten zeichneten, erfüllte das Kratzen der Zeichenkohle auf den Skizzenbögen den Raum mit einem leisen, gleichmäßigen Geräusch, das einschläfernd wirkte. Dennoch wurde Peter nach und nach bewußt, daß hier irgend etwas anders war als in den Nachmittagskursen. Er ließ seine Blicke suchend durch den Raum wandern. Die Studenten im Abendkurs waren eine buntgemischte Truppe. Von Jugendlichen, die kaum die High-School hinter sich hatten, bis hin zu ergrauten Pensionären, die sich einen Kindheitstraum erfüllten, war jede Altersgruppe vertreten. Sie alle schienen äußerst konzentriert zu arbeiten. Professor Aguirre stand neben einem älteren Mann und erteilte ihm wohlwollende Vorschläge über die Ausarbeitung der Proportionen. Nein, das war nicht der Grund für sein unbestimmtes Gefühl – Peter konnte nichts Ungewöhnliches entdecken.

Was er nicht sehen konnte, war der Student, der sich eine Staffelei in der hintersten Ecke des Raumes ausgesucht hatte. Es war ein schmächtiger Mann mit blauen Augen, einem hageren, knochigen Gesicht und dunklem kurzgeschorenen Haar. Er trug ein schlecht sitzendes schwarzes Hemd und machte den Eindruck, als hätte er sich seit Tagen nicht gewaschen oder etwas wirklich Nahrhaftes zu sich genommen. Sein Name war John Mostow.

Mostow arbeitete wie im Fieber. Er zeichnete mit beinahe verzweifelter Hingabe. Ein Kohlestift steckte zwischen seinen geschwärzten Fingern, und Schweißperlen glänzten auf seinen Brauen. Die Hand, die er nicht zum Zeichnen brauchte, war verkrümmt wie eine Vogelklaue, steif vor jener Anspannung, die ihn bis in die äußerste Faser zu erfüllen schien.

Auf dem Podest blickte Peter ausdruckslos ins Leere . . . bis er es erneut fühlte. Er konnte sich nicht erklären, was es war. Eine besondere Dynamik? Verändertes Licht? Die Art, wie die Luft durch das Studio trieb? Mit einer kaum wahrnehmbaren Bewegung wandte er den Kopf, so daß er die Rückseite des Raumes sehen konnte. Erneut konnte er nichts entdecken außer der gewohnten Zusammenstellung zeichnender Studenten, also nahm er wieder seine Position ein.

Mostows Augen flitzten zwischen dem Modell und seinem Skizzenbogen hin und her. Während er zeichnete, atmete er hastig und flach. Doch obgleich er sich mehr anstrengte als alle anderen Studenten, wies sein Bild nicht die geringste Ähnlichkeit mit dem Akt auf dem Podest auf. Es stellte nicht einmal eine vollständige Gestalt dar, sondern nur ein Gesicht – falls jene unmenschliche Fratze auf Mostows Zeichenpappe als Gesicht bezeichnet werden konnte. Sie hatte runzelige Augenbrauen, große, spitze Ohren, Augen, die in einem völlig unmöglichen Winkel geschlitzt waren und wulstige, schwarze Lippen, hinter denen ansatzweise rasiermesserscharfe Zähne erkennbar waren. Mostows Zeichenstriche wurden noch grimmiger, als er die Augen schattierte und sie mit einer Wut und Böswilligkeit erfüllte, die zum Ausdruck des geifernden Mundes paßte. Auf sonderbare Weise war das Bild ebenso menschenähnlich wie unmenschlich. Eine Kreatur, geboren aus einem furchtbaren Alptraum, deren Abscheulichkeit anziehend und beängstigend zugleich war.

Mostow verlor sich gänzlich in seiner Arbeit, zeichnete wie rasend, als plötzlich die Spitze seines Kohlestifts brach. Frustriert ließ er für eine Sekunde von seinem Bild ab und griff nach dem Hobbymesser auf der schmalen Leiste am unteren Rand der Staffelei. Mit fliegenden Händen versuchte er, den Kohlestift wieder anzuspitzen, wobei er winzige Späne abschabte. Als die rasiermesserscharfe Klinge ausglitt und in seinen Finger schnitt, zuckte er nur unmerklich zusammen. Schnell war sein ganzer Zeigefinger mit leuchtendrotem Blut benetzt. Für einen winzigen Augenblick schien ihn die Verletzung zu besänftigen, als würde ihn der Anblick faszinieren, als raunte ihm das Pochen der Wunde eine nicht hörbare Botschaft zu.

Es kam Mostow nicht einmal in den Sinn, seinen Finger zu verbinden oder die Blutung zu stoppen. Er legte das Messer zurück und ignorierte die offene Wunde in seinem ungebrochenen Eifer, wieder an seine Zeichnung zu gehen. Mit der blutigen Hand führte er seine Arbeit fort, füllte Konturen mit Schatten und ließ das Monster auf seinem Blatt mit jedem Strich realer wirken.

Erneut fühlte Peter Gilson die sonderbare Spannung im Raum. Wieder wandte er den Kopf ein wenig und blickte zur Rückseite des Raumes – doch dieses Mal war sein Blickfeld durch Professor Aguirre beschränkt, der neben einer Staffelei ganz in der Nähe stand und einen der Studenten für seine ebenmäßige Linienführung lobte.

Achtlos und immer hektischer flog Mostows Kohlestift über die Zeichenpappe, und er war überrascht, als Blut von seinem Finger auf das Papier tropfte und sich mit dem Bild vereinte. Nun waren die Augen des Monsters leuchtendrot. So rot, als sähe es nichts außer Blut.

„Also gut, Leute“, sagte Aguirre in diesem Augenblick und legte eine graue Wolldecke über die Schultern des Modells. „Das war's für heute abend. Wenn Sie nicht fertig geworden sind, werden Sie nächste Woche mehr Zeit mit Peter zubringen können.“

Enttäuscht und zornig verspannte sich Mostow. Schnell, ehe irgend jemand einen Blick auf seine Arbeit dieses Abends werfen konnte, nahm er das Bild von der Staffelei und verstaute es in seiner Mappe. Hobbymesser und Kohlestift legte er in das Holzkästchen, in der er seine Zeichenutensilien verwahrte. Mit einem leisen Knall schlug er den Deckel zu, schlüpfte schon im nächsten Augenblick in seinen Mantel und strebte eilends aus dem vollen Seminarraum.

Aguirre zog die Augenbrauen hoch, als Mostow, einen Skizzenblock unter dem einen Arm, den anderen unbeholfen um seine Mappe und seine Zeichenkiste geschlungen, an ihm vorüberstürmte. Mostow hielt den Kopf gesenkt und die Schultern hochgezogen, als wolle er sich unsichtbar machen. Den jungen Mann direkt vor sich sah er nicht einmal und prallte so heftig gegen ihn, daß sich der Student ungehalten umdrehte. „Hey! Paß doch auf, wo du hinläufst!"

„Entschuldigung", murmelte Mostow, ohne stehenzubleiben oder auch nur seinen Schritt zu verlangsamen.

Peter reckte und streckte sich auf dem Podest, sichtbar erleichtert, daß die abendliche Sitzung vorüber war. Dann sprang er herunter und beobachtete Mostows abrupten Abgang ebenfalls. Leicht amüsiert wandte er sich zu Aguirre um, der die Schultern hob und beiläufig meinte: „Schätze, der hat's eilig."

Zwei Treppenabsätze weiter unten stürmte Mostow bereits durch die schwere Tür aus Holz und Glas. Draußen auf der Straße blieb er einen Augenblick stehen, schweratmend und zögerlich, als wüßte er nicht, in welche Richtung er nun gehen sollte. Er blickte an der Fassade des alten Universitätsgebäudes empor, bis er das Fenster des Zeichenstudios entdeckte. Sein Atem ging stoßweise, und er zitterte am ganzen Leib, als würde ihn ein stummes Rasen beuteln. Einen Moment später schien er sich wieder unter Kontrolle zu haben. Er wandte sich nach rechts, hastete über den Bürgersteig und bog um die nächste Ecke.

Dort verschwand er in den Schatten, und nur eine Figur auf dem Dach der Kunsthochschule war Zeuge seiner Flucht. Eine groteske, furchterregende Statue aus Stein, die in drohender Haltung von der Brüstung hinunterstarrte. Ihr Gesicht trug das scheußliche Antlitz, das Mostow gezeichnet hatte.

Kurze Zeit später schlenderte Peter Gilson, nun in Jeans und Lederjacke, eine Straße am Rande des Geländes der George-Washington-Universität hinunter. Er konnte sich noch immer nicht erklären, warum ihn das Gefühl der Unruhe, ja, des Unbehagens an diesem Abend nicht losgelassen hatte. Nachdenklich schüttelte er den Kopf, doch dann sagte er sich, daß es wenig Sinn hatte, sich den Rest des Abends mit fruchtlosen Grübeleien zu verderben. Er lief um eine Straßenecke in eine düstere Nebenstraße, in der sein roter Sportwagen geparkt war.

Die Schultern fröstelnd hochgezogen trat er zu seinem Wagen. „Ich hätte Handschuhe einstecken sollen," murmelte er vor sich hin, während er mit tauben Fingern nach den Schlüsseln suchte.

Als er ganz in der Nähe ein Geräusch vernahm, erstarrte er mitten in der Bewegung.

Ganz ruhig, dachte er. *Es ist bestimmt nur eine Flasche, die über die Straße rollt*. Er blickte sich um. In der dunklen Gasse war niemand zu sehen. Alles war vollkommen ruhig.

Dann hörte er das Geräusch wieder, und er fühlte, wie eine Gänsehaut über seinen Rücken kroch.

„Hallo?“ rief er nervös. „Ist da jemand?“

Doch er erhielt keine Antwort. Ohne den Blick von der vor ihm liegenden Straße abzuwenden, wühlte er weiter nach seinen Schlüsseln. Er fluchte leise. Sie waren weder in seinen Hosentaschen noch in seiner Jacke. *Das ist merkwürdig*, dachte Peter. *Ein bißchen zu merkwürdig.* Er biß die Zähne zusammen, doch er konnte das Gefühl nicht loswerden, daß jemand ganz in seiner Nähe war und jede seiner Bewegungen verfolgte.

Er hatte sich nicht geirrt. Ein Stück weiter die Straße hinauf hockte eine dunkle Gestalt hinter einer Mülltonne und beobachtete das junge Modell mit brennender Intensität. Das Gesicht des Kauernden war gänzlich im Schatten verborgen, doch auf seine Hände fiel etwas Licht. Sie waren mit Zeichenkohle und Blut verschmiert.

Als er endlich die Schlüssel in der Innentasche seiner Jacke fand, atmete Peter tief durch. Er zog sie hervor und versuchte dann, den passenden Schlüssel in das Türschloß zu stecken. Vergebens. Seine Finger zitterten so sehr, daß er den Schlüssel mit beiden Händen festhalten mußte. Für einen Moment schloß er entnervt die Augen. *Reiß dich zusammen.* Es war idiotisch, sich so verrückt zu machen und seinen Phantasien ihren freien Lauf zu lassen.

Doch dann erkannte er, daß es keine Phantasie war. Etwas stimmte nicht. Der Schlüssel ging tatsächlich nicht ins Schloß.

Mit einem erbosten Seufzer bückte er sich vor und nahm den schmalen Metallschlitz in Augenschein. Als er erkannte, wo das Problem lag, fluchte er erneut: Ein dünner Kohlestift war in das Schloß gerammt worden und blockierte nun die Öffnung. Er zerrte an den Überresten des Stiftes, doch er gab keinen Deut nach.

Als Peter sich wieder erhob, bemerkte er eine Spiegelung in der Seitenscheibe des Wagens: Die dreieckige Spitze eines Hobbymessers flog auf ihn zu.

Entsetzt wirbelte er herum. „Nein . . .“ keuchte er, doch der Angreifer hörte ihm nicht zu.

Die Klinge blitzte auf, als die Hand, die sie hielt, ausholte – ein bösartiges Leuchten, das für einen Moment die Nacht zu erfüllen schien. Dann schnellte der Arm nach vorn. Peter schrie, stürzte auf das Pflaster und schlug die Hände vors Gesicht. Ein schmerzhaftes Brennen schien Nase und Mund zu zerreißen. Blut quoll zwischen seinen Fingern hervor und sickerte in seinen Schal.

Die dunkle Gestalt sprang erneut auf ihn zu,

und ein gequältes Wimmern drang zwischen Peters gespaltenen Lippen hervor. Und der brutale Angriff ging weiter. Wieder und wieder hieb das Messer auf ihn ein – bis Peter die Sinne schwanden und sein Herz nur noch ein letztes Mal zuckte.

2

Am Morgen nach dem Angriff befand sich John Mostow in einem großen, unbeheizten Raum im fünften Stockwerk eines alten Fabrikgebäudes, der ihm als Wohnung und zugleich als Atelier diente. Er schlief auf einem schmalen Bett, nur von einer dünnen Wolldecke gewärmt. Er hatte sich nicht ausgezogen und trug noch immer die besudelte Kleidung vom Abend zuvor.

Neben dem Bett sprang eine billige Digitaluhr von 6:29 auf 6:30 um, und ein blecherner Alarm ertönte. Mostow erwachte ruckartig, streckte einen Arm unter der Decke hervor und schaltete den Summer aus. Blinzelnd öffnete er die Augen und schloß sie sogleich wieder, als ein starker Kopfschmerz durch seinen Schädel lärmte.

In diesem Moment flog die Wohnungstür auf, und eine männliche Stimme zerriß die verbrauchte Luft: „FBI! Keine Bewegung!“

Mostow hatte gar keine Zeit zu reagieren. Ein Dutzend FBI-Agenten stürmten den Raum und richteten ihre Taschenlampen und schußbereiten Waffen auf ihn.

„John Mostow, wir haben einen Haftbefehl für Sie!“ brüllte einer der Agenten.

Verblüfft leistete Mostow keinen Widerstand, als er aus dem Bett gestoßen und zu Boden geworfen wurde. Seine Arme wurden hinter seinen Rücken gezerrt und mit Handschellen gefesselt. Er fühlte den harten Lauf einer Handfeuerwaffe an seinem Hinterkopf.

Agent Greg Nemhauser hielt eine gelbe Karte hoch und las Mostow in hastigen Worten seine Rechte vor.

„Sie haben das Recht zu schweigen. Alles, was Sie sagen, kann und wird vor Gericht gegen Sie verwendet werden. Sie haben das Recht, mit einem Anwalt zu sprechen . . ."

Von der Rückseite des Raumes aus beobachtete der leitende Agent Bill Patterson den Verlauf der Operation. Patterson war ein kräftiger Mann Anfang Fünfzig, mit sich lichtendem Haar und dem stählernen Blick eines Jägers. Während seine Männer zügig die Routinearbeiten der Verhaftung erledigten, rührte er sich nicht von der Stelle. Patterson hatte lange auf diesen Augenblick gewartet. Nun, da er hier war, stellte er zu seiner eigenen Überraschung fest, daß er sehr gemischte Gefühle hegte. Natürlich war er erleichtert, Mostow endlich in Gewahrsam nehmen zu nehmen. Doch er empfand auch eine merkwürdig anmutende Enttäuschung. Drei Jahre lang hatten sie Mostows Spuren verfolgt, und es kam ihm jetzt lächerlich einfach vor, diesen mickrigen, unterernährten Mann im Schlaf festzunehmen.

„Sie tun mir weh!“ protestierte Mostow endlich, als er auf die Füße gestellt wurde. „Sie tun mir weh!“

„Haben Sie die Rechte verstanden, die ich Ihnen gerade erklärt habe?“ fuhr Nemhauser ungerührt fort. „Möchten Sie auf Ihr Recht zu schweigen verzichten?“

Mostow antwortete, indem er Nemhauser kräftig in den Unterarm biß.

Nemhauser jaulte auf und befreite seinen Arm, auf dem sich zwei blutige Halbmonde abzeichneten. „Er hat mich gebissen“, keuchte der junge Agent ungläubig. „Der Hurensohn hat mich gebissen!“ In seinem Zorn machte er eine unbeherrschte Bewegung, als wolle er sich an dem gefesselten Mann vergreifen, doch Patterson erkannte die Lage und mischte sich ein.

„Bringt ihn hier raus“, ordnete er an, wobei er mit einem Kopfnicken auf Mostow deutete.

„Nemhauser, ist alles in Ordnung?“ fragte ein anderer Agent.

„Ja, ja“, entgegnete Nemhauser betont gleichgültig. Sein gelangweilter Tonfall sollte darüber hinwegtäuschen, wie sehr ihn Mostows Attacke erschreckt hatte.

Patterson sah zu, wie die Agenten den Verhafteten zur Tür hinausschoben, und bemerkte, daß Nemhauser zwischen zusammengebissenen Zähnen noch immer Mostows Rechte zitierte.

Dann herrschte plötzlich Stille im Raum.

„Mein Gott“, murmelte Patterson, als er sich in dem verwahrlosten Atelier umsah. Mostows Bleibe war alles andere als gemütlich. Da war ein Bett, eine Uhr, eine Kochplatte, eine verbeulte Pfanne und eine einzelne Kunststofftasse. Über Putz verlegte Rohre verliefen in einem häßlichen Wirrwarr über die Wände und die Decke. Es waren jedoch die Wände, die Pattersons Aufmerksamkeit auf sich zogen. Sie waren vom Boden bis zur Decke mit Zeichnungen von allerlei scheußlichen Geschöpfen bedeckt, teilweise Ganzkörperbilder, teilweise nur Gesichter und Profile, und jede einzelne war ein Bild des Schreckens, ein Porträt direkt aus der Hölle.

Während er die Zeichnungen betrachtete, streifte sich Patterson ein Paar Latexhandschuhe über. Dann nahm er eine der kleineren Skizzen von der Wand neben dem Bett und steckte sie in seine Manteltasche.

Plötzlich stieß sein Fuß gegen Holz. Mostows Utensilienbox ragte halb unter dem Bett hervor. Patterson zog sie heraus. Sie war offen, und inmitten der Kohlestifte, Rasierklingen und der alten Tintenfäßchen lag ein zusammengeklapptes Hobbymesser.

Patterson nahm das Messer aus der Schachtel

und ließ die Klinge aufschnappen. Eine dünne Schicht getrockneten Bluts bedeckte das Metall. Patterson lächelte grimmig. Jetzt hatte er alle Beweise, die er brauchte, und er konnte diesen Fall endgültig zu den Akten legen. John Mostow würde das Tageslicht nie mehr wiedersehen.

3

Special Agent Dana Scully entfernte einen unsicher aufgestapelten Haufen Akten von einem der Stühle in Fox Mulders Büro und setzte sich. Mulders Büro im Kellergeschoß des J. Edgar Hoover-Gebäudes, der FBI-Zentrale in Washington, D.C., befand sich im üblichen Zustand der heillosen Unordnung. Die Regalbretter waren mit Büchern vollgestopft, sämtliche Tisch- und Stuhlflächen mit Aktenmappen und Zeitschriftenstapeln belegt. Am schwarzen Brett hingen so viele Anschläge, daß nur noch das große Poster mit der Aufschrift „ICH WILL GLAUBEN“ deutlich zu erkennen war. Für Scully stellte das Büro ihres Partners ein unüberschaubares Chaos dar, für Mulder hingegen war es die einzige Umgebung, in der er arbeiten konnte.

Mulder enthielt sich jeglichen Kommentars, als Scully seine Stapel neu anordnete, und bemerkte lediglich: „Es ist die oberste Akte.“

Scully nahm die Mappe mit dem Namen „MOSTOW“ zur Hand und überflog rasch die Berichte. Auf den ersten Blick konnte sie nicht verstehen, warum Mulder die Sache Mostow bekommen hatte. Ihr Partner war auf Fälle spezialisiert, die vom FBI als „X-Akten“ bezeichnet wurden – das waren jene Fälle, die mit übernatürlichen oder außerirdischen Phänomenen zu tun hatten und jeden normal denkenden Menschen vor schier unlösbare Probleme stellten. Soweit Scully sehen konnte, war dieser neue Fall eine ganz normale Mordserie.

Mulder schaltete den Diaprojektor ein, und das Bild des Festgenommenen erschien auf dem Sichtschirm.

„John Mostow“, begann Mulder. „Arbeitsloser Maler. Geschieden. Keine Kinder.“ Er trat näher an den Schirm heran und studierte das gequälte Gesicht des Mörders. „Kam während der Perestroika aus Usbekistan in die USA.“

„Das bedeutet, er ist in den späten Achtzigern eingereist, als Gorbatschow die Regierung der Sowjetunion reformiert hat“, folgerte Scully. „Wenn ich mich recht erinnere, ist Usbekistan 1991 von der UdSSR unabhängig geworden.“

Mulder nickte. „Usbekistan war die südlichste Provinz der ehemaligen UdSSR, direkt im Norden von Afghanistan. Ohne Zugang zum Meer und kaum größer als Kalifornien, war das Land einer der ärmsten Staaten der früheren Sowjetunion. Sie haben immer noch mit wirtschaftlichen Problemen zu kämpfen.“

„Vermutlich ist Mostow deshalb hierhergekommen.“

„Tja . . . jedenfalls hat er vergessen, in seinem Einreiseantrag zu erwähnen, daß er den größten Teil seines Erwachsenenlebens in einem Krankenhaus für geistig Gestörte verbracht hat.“

Scully starrte auf die Akte in ihrer Hand und zog leicht fröstelnd die Schultern hoch. „Und letzte Woche ist er wegen Mordes an mindestens sieben Männern verhaftet worden.“

„Und wir haben immer gedacht, die würden uns nur großartige Hockeyspieler rüberschicken“, griente Mulder.

Bei dieser Bemerkung zuckte Scully innerlich zusammen. Wieder einmal wurde ihr bewußt, daß ein Prüfstein in der Zusammenarbeit mit Fox Mulder sein wahrlich bizarrer Sinn für Humor war.

Mulder betätigte die Fernbedienung, und ein Tatortfoto erschien auf dem Sichtschirm: Der leblose Körper des Opfers lag merkwürdig verdreht in einer Nebenstraße, das Gesicht war unter der Maske getrockneten Bluts nicht zu erkennen.

„Die Morde ereigneten sich über einen Zeitraum von drei Jahren“, fuhr Mulder fort. „Alle Opfer waren männlich und zwischen siebzehn und fünfundzwanzig Jahre alt.“

Aufmerksam studierte Scully das grausige Bild. „Gab es Übereinstimmungen oder eine gleichbleibende Vorgehensweise?“

„Nach dem Bericht des Gerichtsmediziners liegen keinerlei Anzeichen für einen sexuellen Übergriff vor. Der Tod wurde in jedem Fall durch einen massiven Blutverlust herbeigeführt, verursacht durch die Gesichtsverstümmelung. Aufgefallen ist lediglich, daß das Muster der Schnittwunden bei allen Opfern identisch war. Steht alles auf Seite drei."

Scully schlug die Mappe an der angegebenen Stelle auf und las laut: „Beide Augen durchstochen. Charakteristische Schnittwunden von den Mundwinkeln bis zu den Ohren . . ."

Mulder schaltete eine Aufnahme weiter, und Scully hielt für einen Moment den Atem an. Sie sah in das Gesicht eines Mannes, das so entstellt war, als wäre ein Rasenmäher darüber hinweg gegangen. Scully war schon Medizinerin gewesen, bevor sie FBI-Agentin wurde, und Blut konnte sie selbst in größeren Mengen kaum aus der Fassung bringen. Auch Autopsien gehörten für sie zur Routine. Diese Schnitte jedoch waren mit einer solch unfaßbaren Brutalität vorgenommen worden, daß sie um Fassung ringen mußte. Schließlich raffte sie all ihre Professionalität zusammen und sagte betont nüchtern: „Der Grad der Gewalt und der übertriebenen Grausamkeit lassen darauf schließen, daß es sich um das Werk eines sehr wütenden Individuums handelt."

„Oder Individuen", fügte Mulder hinzu. „Wenn Sie den Geist mitzählen, von dem Mostow während der Morde besessen gewesen sein will."

„Nun, Besessenheit wird häufig von Kriminellen mit dissoziativen Störungen angeführt“, entgegnete Scully. „Auf diese Weise distanzieren sie sich von ihren Taten.“

„Davon ist man auch in diesem Fall ausgegangen“, stimmte Mulder zu. „Bis zur letzten Nacht, als ein neunzehnjähriger Mann etwa sechs Meilen von hier getötet worden ist. Er hatte identische Gesichtsverletzungen.“

„Ein Nachahmungstäter?“

Mulder schüttelte den Kopf. „Laut Assistant Director Skinner wurden die Details der Verstümmelungen nie veröffentlicht. Nur die Mitglieder der Ermittlungsgruppe wußten darüber Bescheid, und Mostow ist seit fünf Tagen in Haft.“ Er schnalzte leise mit der Zunge. „Tja, und jetzt sind wir dran.“

4

Scully saß am Steuer, während sie und Mulder Richtung Westen aus der Stadt hinaus und über den Potomac River fuhren. Ihr Ziel war Lorton, Virginia, eine kleine Stadt, etwa zwanzig Meilen von Washington entfernt. Für Mitarbeiter des FBI war ein Abstecher nach Lorton in der Regel gleichbedeutend mit einem Besuch im D.C. Staatsgefängnis, einer älteren Einrichtung, in der Verdächtige, die als besonders gefährlich eingestuft wurden, auf ihren Prozeß warteten. Als Scully ein Schild passierte, das Autofahrer davor warnte, unbekannte Anhalter mitzunehmen, wußte sie, daß die Abfahrt zum Gefängnis nicht mehr weit sein konnte.

Bevor die gelben Wände und das grüne Kupferdach der Einrichtung in Sichtweite kamen, warf Mulder seiner Partnerin einen kurzen Seitenblick zu. „Fragen Sie sich schon, was für ein Mensch Mostow wohl sein wird?“

Für einen Moment dachte Scully an die grauenhaften Dias, die sie an diesem Morgen gesehen hatte. „Im Grunde frage ich mich, was auch nur irgend jemanden dazu treiben kann, eine Serie so brutaler Morde zu begehen.“

„Besessenheit von einem bösen Geist?" Mulders Ton war spöttisch, doch Scully wußte, daß er den Gedanken keineswegs für abwegig hielt. Er war bereit, alles zu glauben, solange nicht das Gegenteil bewiesen war – und selbst dann konnte er noch die abstrusesten Theorien entwickeln.

„Dann halten Sie es also für möglich, daß Mostow von einem Geist besessen war?" forderte sie ihn heraus. Scully war wissenschaftliches Denken gewohnt, sie glaubte an nichts, für das es nicht einen logischen und konkreten Beweis gab.

Mulder zuckte die Schultern. „In vielen Kulturen gibt es seit Jahrhunderten Beispiele von Besessenheit. Im alten Japan haben die Menschen geglaubt, der Geist eines Fuchses wäre fähig, von einer Person Besitz zu ergreifen und sie in den Wahnsinn zu treiben. In Voodooritualen werden die Götter dazu eingeladen, in die entrückten Priester zu fahren. Amerikanische Ureinwohner und manche Latinos berichten von Menschen, die von Gestaltwandlern besessen waren. Und natürlich predigt die katholische Kirche, daß der Teufel die Seele in Besitz nehmen kann."

„Aber das alles erklärt nicht die Morde von John Mostow." Scully bog in die schmale, gepflasterte Straße ein, die zu dem Gefängnis führte. Dichte Dampfwolken stiegen von der Heizungsanlage auf und zeichneten Muster in die kalte Winterluft. Wie in allen Gefängnissen war auf den hohen Mauern gewundener Stacheldraht angebracht, und die Fenster wurden durch massive Stahlgitter gesichert.

Mulder und Scully zeigten ihre Dienstausweise am Tor vor und passierten dann den Eingangsbereich, in dem sie sich erneut ausweisen mußten. Schließlich wurde ein Wärter abkommandiert, sie zu John Mostow zu bringen.

„Er wird im Hochsicherheitstrakt verwahrt“, erklärte der Mann, während er die beiden Agenten durch ein Gewirr von Korridoren führte. „Er mag zwar ein mickriger Kerl sein, aber niemand will es riskieren, ihn auch nur in die Nähe der anderen Gefangenen zu lassen.“

Im Inneren von Mostows Zelle war es dunkel. Der Wärter schob die Abdeckung vor dem rechteckigen Guckloch zur Seite, und ein scharfer Lichtstrahl zerschnitt die Finsternis. Dann drehte er den Schlüssel im Schloß herum und drückte die dicke Stahltür auf.

„Bitte“, rief Mostow in einem stark akzentlastigen Englisch. „Das Licht tut meinen Augen weh.“

Als Mulder und Scully die Zelle betraten, fielen ihre Schatten über Mostow, der vor dem Licht zurückwich. Hinter ihnen schloß der Wärter die schwere Zellentür.

Mostow war tatsächlich ein ‚mickriger Kerl‘, wie Mulder feststellte. Er war klein und drahtig, was durch die weiße Zwangsjacke noch unterstrichen wurde. Wie ein verängstigtes Tier hockte er neben der schmalen Koje auf dem kalten Boden seiner Zelle.

Gequält wandte Mostow den Kopf ab und kniff die Augen zusammen. „Lassen Sie mich in Ruhe."

„Sie haben da eine nettes weiches Bett, Sir", sagte Scully unbeeindruckt. „Warum benutzen Sie es nicht?"

Mulder erkannte die Antwort sofort. „Weil er gearbeitet hat, nicht wahr, John?"

Mostow vermied es, Mulder in die Augen zu sehen. Er starrte auf den Zementboden, und Mulder folgte seinem Blick zu den primitiven Umrissen eines Gesichts, das Mostow mit dem Absatz seines Schuhs auf die Oberfläche geschabt hatte.

Es war das Gesicht eines Monsters, nur vage menschlich, verzerrt und bösartig.

„Was ist das?" Mulder kniete sich nieder, um das Bild genauer zu betrachten. „Was ist das für ein Ding?"

„Das . . . hat die Männer getötet", preßte Mostow hervor.

„Hat es einen Namen?" fuhr Mulder mit ruhiger Stimme fort. „Gibt es einen Namen zu diesem Gesicht?"

„Alle Menschen kennen seinen Namen. Alle." Der Gefangene warf den Kopf unruhig hin und her.

„Und wie nennen Sie es?" drängte Mulder weiter. „Satan? Den Teufel?"

Mostow antwortete nicht.

„Oder ist es vielleicht nur der Name Ihres Komplizen?“ warf Scully ein.

„Ich hatte keinen Komplizen“, flüsterte Mostow.

„Sie haben alle diese jungen Männer allein umgebracht?“ fragte Scully zweifelnd.

„ES hat sie umgebracht! Wie oft muß ich Ihnen das denn sagen?“

„Nun, seine Fingerabdrücke waren nicht auf der Tatwaffe, aber Ihre“, gab Scully zu bedenken. „Und . . . *es* wird auch nicht für den Mord an sieben Menschen zum Tode verurteilt werden.“

„Und deshalb lacht es über Narren wie Sie“, brach es aus Mostow hervor. Er fixierte Mulder mit glühendem Blick. „Und Sie. Narren, die sich einbilden, sie könnten das Böse wie eine läufige Hündin an die Leine legen. Oder in ihren jämmerlichen Gulags einsperren. Dabei bringt es einen Mann mit einem Fingerschnippen dazu, den Schmutz vom Grund der Hölle zu lecken . . . nur damit es sein eigenes Spiegelbild sehen kann.“

Die tiefe Glut in Mostows Worten jagte Mulder einen Schauder über den Rücken. Für einen kurzen Moment schloß er die Augen und sammelte sich. Vielleicht war es aber auch nur Irrsinn, der aus Mostows Tirade sprach.

Scully hingegen schien unbeeindruckt. „Hat es das auch letzte Nacht getan, John?“ fragte sie in spöttischem Ton. „Mit den Fingern geschnippt und noch einen jungen Mann sterben lassen?“

Zum ersten Mal blickte Mostow direkt in Scullys Augen. „Es hat wieder getötet?“ japste er. „Gestern?“

Weder Scully noch Mulder antworteten ihm.

Mostow begann zu zittern. „Es ... hat ... jemanden gefunden“, fistelte er, und seine Stimme klang wie die eines Wahnsinnigen. „Jemand anderen. So, wie es mich gefunden hat.“

Wieder spürte Mulder den kalten Schauder im Nacken, und sein Blick wanderte unwillkürlich zurück zu der groben Zeichnung am Boden der Zelle – die Bestie schien direkt in sein Inneres sehen zu können.

In diesem Augenblick wurde die Tür aufgerissen, und eine herrische Stimme sagte fordernd: „Agent Mulder ...“

Mulder wandte sich um und erblickte die Silhouetten zweier Männer auf dem Korridor des Zellenblocks. Einer von ihnen war ihm äußerst vertraut, ebenso wie der mißbilligende Zug in seinem Gesicht. Sein Auftauchen war kaum eine Überraschung für ihn. Mulder wußte, daß Patterson diesen Fall bearbeitet hatte, und es war nur eine Frage der Zeit gewesen, wann er sich einmischen würde.

„Kann ich Sie beide draußen sprechen?“ schnarrte Patterson.

Scully und Mulder verließen Mostows Zelle, und Patterson schob die schwere Metalltür hinter ihnen ins Schloß.

„Das ist Agent Greg Nemhauser“, stellte Patterson den jüngeren Mann in seiner Begleitung vor. Mulder bemerkte, daß Nemhauser einen dicken Verband am Unterarm trug.

Patterson war noch genau so, wie Mulder ihn in Erinnerung hatte. Noch immer hatte er die Augen eines Jägers, Augen, die Mulder stets an eine straff gespannte Sprungfeder erinnerten.

„Also, was ist es dieses Mal, Mulder?“ fragte Patterson in höhnischem Ton. „Kleine grüne Männchen? Böse Geister? Höllenhunde?“

Mulder überging Pattersons Spott mit einem Lächeln. Nach jahrelanger Übung fiel es ihm nicht schwer, solche verbalen Attacken an sich abprallen zu lassen. „Scully, das ist Bill Patterson“, sagte er freundlich. „Er leitet die Ermittlungsabteilung in Quantico.“

„Ja, ich weiß“, nickte seine Partnerin. „Verhaltenswissenschaften – Sie haben das Buch geschrieben.“ Tatsächlich war Bill Patterson eine Legende unter den jüngeren Agenten. Patterson hatte vermutlich mehr Täterprofile entwickelt als irgend jemand sonst beim FBI. Und es war sein Team, das Mostow schließlich geschnappt hatte. „Es ist mir eine Ehre, Sir . . .“ begann sie.

Doch Patterson schnitt ihr das Wort ab. „Denken Sie das auch?“ Seine Stimme war eine einzige Herausforderung. „Daß der Verdächtige von irgendeinem bösen Geist besessen war?“

„Nein, ganz und gar nicht, Sir“, antwortete Scully wahrheitsgemäß.

„Dann befinden Sie sich aber in merkwürdiger Gesellschaft“, stichelte Patterson, wobei sein Blick zu Mulder wanderte.

Während dieses Wortwechsels machte Nemhauser einen unangemessen nervösen Eindruck. Er schien etwas sagen zu wollen, wagte aber nicht, seinem Vorgesetzten zu widersprechen oder ihn zu kritisieren.

Mulder kannte keine derartigen Skrupel. Er lächelte. „Das ist es, was mich an Ihnen immer schon verblüfft hat, Bill“, sagte er leichthin. „Daß Sie nie Ihrem eigenen Profil entsprechen werden. Niemand wird sich je vorstellen können, wie bösartig Sie tatsächlich sind.“ Mit diesen Worten wandte er sich zum Gehen.

Doch Patterson war noch nicht fertig. „Die Verhaftung von John Mostow ist das Ergebnis von drei Jahren harter Arbeit meiner Abteilung“, knirschte er. „*Drei Jahre*. Sie können sich vielleicht vorstellen, daß wir von dem letzten Mord ziemlich überrumpelt worden sind. Ganz zu schweigen von der angeblichen *Besessenheit* des Verdächtigen.“

„Dann glauben Sie also, daß er einen Komplizen hatte . . . Obwohl Ihre Beschreibung von Mostow klar zum Ausdruck bringt, daß er aller Wahrscheinlichkeit nach allein gearbeitet hat.“

„Wenn ich Sie erinnern darf: Mein Täterprofil hat zu seiner Verhaftung geführt“, bellte Patterson. „Nein, er hat allein gehandelt. Der Mord letzte Nacht wurde von einem zweiten Täter verübt, und der hat ebenfalls allein gehandelt.“

„Was ist mit diesen Bildern von Mostow?“ fragte Mulder und sah seinem Kontrahenten direkt in die Augen. „Was ist mit diesen Monstern?“

„Wissen Sie, warum er sie malt?“ verlangte Patterson zu erfahren. „Haben Sie ihn gefragt?“

„Ich hatte leider keine Gelegenheit dazu“, versetzte Mulder mit einem lakonischen Lächeln. Er schätzte es nicht sonderlich, aus einem Verhör mit einem Gefangenen gezerrt zu werden. Und noch weniger schätzte er Pattersons großspuriges Auftreten, das ziemlich unmißverständlich signalisierte: Ich bin der einzig kompetente Agent in diesem Fall.

„Er sagt, er zeichnet sie, um seinen Dämon fernzuhalten.“ Pattersons Stimme troff vor Ironie.

„Tja, das ergibt einen Sinn.“ Mulder hob die Schultern. „In der Geschichte wurden Schreckensbildnisse genau dazu benutzt – um böse Geister fernzuhalten. Zum Beispiel auf den Dachtraufen der großen europäischen Kathedralen: Chartres und Notre Dame . . .“

„Ach, hören Sie auf, Mulder“, unterbrach ihn Patterson. „Ich brauche keinen Geschichtsunterricht. Und ich brauche *niemanden*, der die Märchen von diesem Burschen ernstnimmt.“

Scully verfolgte die Auseinandersetzung mit wachsendem Interesse. Das Verhältnis von Mulder und Patterson hatte offenbar eine Vorgeschichte, und die schien nicht gerade unkompliziert verlaufen zu sein. Mulder war schon immer ein streitbarer Agent gewesen, ein Außenseiter, stets bereit, seinen Vorgesetzten die Stirn zu bieten, wenn er es für nötig hielt. Im Laufe der Jahre hatte er sich beim FBI eine ganze Anzahl an Feinden geschaffen. Und Scully bekam allmählich das untrügliche Gefühl, daß sie gerade einem von ihnen gegenüberstand.

Wie üblich war Mulder nicht bereit, das Feld zu räumen. Entschlossen, das Geplänkel zu beenden, berief er sich auf die Diensthierarchie. „Man hat mich zu diesem Fall hinzugezogen“, erklärte er kühl. „Wenn Sie ein Problem damit haben, dann schlage ich vor, Sie wenden sich an meinen Vorgesetzten, Assistant Director Skinner.“

5

Spät am Nachmittag parkten Mulder und Scully ihren Wagen in der South Dakota Street vor dem Haus mit der Nummer 1222. Es war ein altes Industriegebäude, wie es sie in Washington noch immer gab, mit roten Ziegelmauern, sechs Stockwerke hoch und von einer umzäunten Ladezone umgeben.

Scully stieg aus dem Wagen und betrachtete das Gebäude. „Interessanter Ort für ein Wohnquartier“, murmelte sie. „Eine verlassene Fabrik.“ Sie zog sich ihren Wollmantel fester um die Schultern. Die Luft war feucht und beißend kalt.

Auch Mulder blickte sich in der Nachbarschaft um. In den Vierzigern mochte die Gegend ein wichtiges Industriegebiet gewesen sein. Nun waren die Gebäude alt und verfallen, eine Ratte huschte am Zaun entlang, und Mulder stellte fest, daß es in diesem Teil der Stadt bestimmt keine Verkehrsstaus geben würde. „Sieht aus, als hätte sich Mostow ein gutes Versteck ausgesucht“, stimmte er seiner Partnerin zu.

Die Tür zu dem Gebäude war mit einem Vorhängeschloß des FBI gesichert. Scully öffnete es, betrat die düstere Halle und stieg zusammen mit

Mulder die Treppen zum fünften Stockwerk hinauf.

Während er auf Mostows Wohnung zustrebte, wurden Mulders Schritte immer ausgreifender. Schon seit sie das Gefängnis verlassen hatten, hatte er auf Scully einen besorgten Eindruck gemacht. Er hatte zwar nicht viel gesagt, doch alle Zeichen der Unruhe gezeigt, und Scully konnte sich schon vorstellen, was ihren Partner so beschäftigte. Kaum jemand hätte sich von Pattersons geringschätziger Art nicht aus der Fassung bringen lassen. Es war nicht ihre Art, solche Dinge schweigend zu übergehen, und so beschloß sie, ihren Partner direkt zu fragen.

„Wollen Sie mir nicht erzählen, wann Ihre Liebesbeziehung zu Patterson beendet war?“

„Patterson mochte mich nie“, antwortete Mulder schroff.

„Ich dachte, Sie wären bei allen Liebkind gewesen, als Sie zum FBI kamen.“

„Nicht bei Patterson.“

„Warum nicht?“ hakte Scully nach.

„Ich wollte mir die Knie nicht schmutzig machen. Irgendwie konnte ich mich nicht in die Rolle des dienstbeflissenen Schülers fügen“, bemühte sich Mulder um eine Erklärung.

„Sie meinen, Sie konnten ihn nicht anbeten“, übersetzte Scully.

„Etwas in der Art, richtig.“

Sie erreichten den Eingang zu Mostows Atelier. Es war eine rotgestrichene Fabriktür aus Metall, die nun von einem gelben Polizeisiegel verschlossen wurde. Mulder suchte in seiner Jacke nach einem Taschenmesser, mit dem er den Klebstreifen auftrennte.

„Naja, soweit ich gehört habe, wurde Patterson von vielen angebetet." Scully verfolgte die sicheren Handgriffe ihres Partners. „Einige Anwärter sind nur zum FBI gekommen, weil sie so sein wollten wie er."

„Richtig, aber ich wette, daß einige von ihnen ihre Meinung geändert haben, nachdem sie ihm tatsächlich begegnet sind", nickte Mulder düster.

„Warum?"

„Patterson hat eine ganz bestimmte Vorstellung davon, wie man einen Mörder finden kann", erzählte Mulder und legte die Hand auf die Klinke. „Wenn du einen Künstler kennenlernen willst, dann sieh dir seine Kunst an."

„Und was stimmt daran nicht?"

„Was er wirklich meint, ist: Wenn du ein Monster fangen willst, dann mußt du selbst eins werden."

Mulder öffnete die Tür zum Atelier.

Seit Mostows Verhaftung war nichts berührt oder gar verändert worden. Die Decke lag noch immer zerwühlt auf dem schmalen Bett, und an den Wänden prangten immer noch die Bilder, die direkt aus dem Atelier des Teufels zu kommen schienen.

Aufmerksam studierte Scully die erschreckenden und doch auf sonderbare Weise anziehenden Zeichnungen. „In diesem Fall scheint Patterson damit ja richtiggelegen zu haben“, kommentierte sie gedankenverloren.

„Ja“, erwiderte Mulder bereitwillig, während er die Zeichnung auf der Staffelei betrachtete. Sie enthielt alles auf einmal: Mostows geballte Besessenheit und seine beachtliche Kunstfertigkeit. Die anderen Bilder an der Wand bestätigten diesen ersten Eindruck: Dieser Mann hatte keine Ruhe gefunden, er war gefangen in ohnmächtigem Zorn und Entsetzen und hatte vergeblich versucht, vor seinen eigenen Dämonen davonzulaufen. Ein unmenschlicher Zwang hatte ihn sie wieder und wieder auf Papier bannen lassen. Staunend stieß Mulder einen leisen Pfiff aus. „Dieser Kerl ist ganz bestimmt eine Art Monster“, murmelte er.

Noch immer starrte er die Zeichnung auf der Staffelei an. Ihre bösartigen Augen nahmen ihn gefangen. Es war, als würde sich hinter ihnen ein diabolisches Geheimnis verbergen, und wenn er diesem Blick nur lange genug standhielt, so würde er den Schlüssel zu John Mostows Obsession finden.

Während Scully die Wände betrachtete, fragte sie sich, ob irgend etwas in den Annalen der

Psychiatrie diese Dinge erklären konnte, ihnen einen Sinn abringen konnte – und John Mostow begreifbar machen. Plötzlich flog ein dunkler Schatten von einem hohen Regal auf sie herab, und sie schrie unwillkürlich auf.

„Es ist nur eine Katze“, vernahm sie Mulders ruhige Stimme.

Scully sog die Luft ein. „Ich dachte, eines dieser Bilder wäre lebendig geworden“, gestand sie und schüttelte dann lächelnd den Kopf. „Unsere Leute müssen sie versehentlich hier eingeschlossen haben.“

Die Katze verschwand unter dem Bett. Neugierig ging Mulder in die Knie, um sie anzulocken. Die Katze duckte sich und fixierte ihn aus Augen, die wie geschmolzenes Gold glänzten. Dann wandte sie sich geschmeidig um und verschwand durch ein Loch in der Wand.

„Ich weiß nicht“, meinte Mulder, während er sich wieder aufrichtete. „Sieht eher so aus, als hätte sie ihren eigenen Wohnungsschlüssel.“

Er schob das Bett von der Wand und legte ein kleines Loch an der Fußleiste frei. Dann bückte er sich und hielt seine Hand vor die Öffnung. „Da kommt Luft rein. Es muß etwas auf der anderen Seite dieser Wand sein.“

Scully trat neben ihn und klopfte mit spitzem Knöchel die Wand ab. Sie ließ ihre Finger tastend unter die angeklebten Zeichnungen gleiten.

Schließlich begann sie, die Zeichnungen zu entfernen und eine schmale, vertikale Fuge freizulegen.

Mulder folgte ihrem Beispiel und fand nicht weit entfernt eine zweite, parallel verlaufende Fuge. Gemeinsam zogen sie die Zeichnungen zwischen den Rillen von der Wand – und hinter ihnen kam eine Tür zum Vorschein.

„Er hat noch einen anderen Raum", sagte Mulder leise.

Die Tür glitt widerstandslos auf. Mulder trat zuerst in die dahinterliegende dunkle Kammer, wobei er seine Waffe aus dem Halfter zog. Scully wartete, dann zog auch sie ihre Waffe. Voller Anspannung starrte sie in das finstere Zimmer. Auch wenn sie es nie zugeben würde, so machten die monströsen Zeichnungen und der Fund einer versteckten Tapetentür sie mehr als nur nervös.

„Warum warten Sie nicht, bis wir hier Licht haben", schlug sie halbherzig vor.

„Ich habe Licht", entgegnete Mulder und schaltete eine kleine Stifttaschenlampe an.

Er folgte der schwarzen Katze, die ihn aus den Schatten heraus mit geschlitzten Pupillen anfunkelte.

„Können Sie etwas sehen?" rief Scully von draußen.

„Nur noch mehr Monster."

Mulders kleine Lampe riß eine ganze Reihe menschengroßer Skulpturen aus dem Dunkel.

„Eine ganze Menge sogar, aus Ton geformt", fügte er hinzu. Er trat näher, um sie genauer untersuchen zu können. Sie hatten weder Arme noch Beine. Es waren Büsten auf Metallständern, deren Gesichter in Augenhöhe aufgestellt waren. Wie die Zeichnungen waren auch sie gekonnt angefertigt und zweifellos das Werk desselben verstörten Geistes.

Und dann entdeckte Mulder etwas, das ihm die Haare zu Berge stehen ließ. Einige der Skulpturen waren nicht beendet worden. Sie waren noch in Arbeit, und obwohl Mostow schon seit fast einer Woche im Gefängnis saß, war der Ton immer noch feucht.

„Warum sollte er sie in einem geheimen Raum aufbewahren?" überlegte Scully laut.

Genau das war die Frage. Mulder richtete seine Taschenlampe auf eine der Skulpturen, einen Kopf. Der Mund der Kreatur war geöffnet, als würde sie schreien. Und dieser Mund war beängstigend real, die Zähne leicht uneben, die Zunge hervorgestreckt, der äußerst realistische Todesschrei eines gepeinigten Menschen. Der Bildhauer war mehr als nur ein Künstler, und – wie Mulder nun feststellen mußte – er war noch bestialischer als ein Monster.

Er konnte nicht anders, er mußte sich vergewissern. Mit der Lampe zwischen den Zähnen griff er nach einer der grotesken Gestalten.

„Mulder“, rief Scully aus dem anderen Zimmer. „Mulder, was ist los? Was sehen Sie? Mulder!“

Mulder antwortete nicht. Seine Hände bohrten sich in das Tongesicht und rissen das noch feuchte Töpfermaterial fort. Übelkeit befiel ihn, als ihm bewußt wurde, was er gleich finden würde.

„Sagen Sie mir, was da drinnen los ist!“ drängte Scully.

Mulder konnte nicht antworten. Die Stimme versagte ihm, als er den Ton abgekratzt und die darunter verborgene Form freigelegt hatte. Die rote Erdmasse war nur eine Art Tarnung gewesen, eine kunstvolle Maske des Todes. Unter der dicken Schicht feuchten Tons befand sich der abgetrennte Kopf eines Mannes.

6

Als sie das alte Fabrikgebäude verließen, übernahm Scully das Steuer. Mulder hatte kaum ein Wort gesprochen, seit er mit dem FBI-Hauptquartier telefoniert und die Neuigkeiten über die ‚Skulpturen' berichtet hatte. Die beiden Agenten hatten noch gewartet, bis das Spurensicherungsteam eingetroffen war, das sich mit ihrer grausigen Entdeckung befassen sollte. Dann hatte es Mulder ungewöhnlich eilig gehabt, dem Atelier den Rücken zuzukehren.

„Ich habe über Mostow nachgedacht", sagte Scully, während sie den Wagen durch den Innenstadtverkehr von Washington zur FBI-Zentrale manövrierte. „Wir haben keine Krankenakten aus der Anstalt in Usbekistan, aber ich halte es für wahrscheinlich, daß er eine multiple Persönlichkeitsstörung hatte, aus der sich später dann eine dissoziative Persönlichkeitsstörung entwickelt hat."

„Gewöhnlich das Ergebnis eines sehr schweren oder wiederholten Kindheitstraumas", griff Mulder den Faden auf, als würde er aus einem Lehrbuch zitieren, und da er über ein photographisches Gedächtnis verfügte, war es druchaus denkbar, daß er genau das gerade tat. Ehe er FBI-Agent wurde, hatte Mulder an der Universität von Oxford Psychologie studiert.

„Wenn ein Kind einem Mißbrauch oder einer anderen traumatisierenden Situation nicht physisch entgehen kann, zieht es sich manchmal in seine Gedankenwelt zurück“, fuhr Mulder fort. „Das Selbst löst sich auf oder teilt sich in verschiedene, voneinander unabhängige Persönlichkeiten, um den beängstigenden Umständen zu entgehen. Das Problem ist, daß dieser Schutzmechanismus irgendwann zur einzigen Realität wird.“

„Genau das habe ich gemeint. Das ist ein häufig beschriebenes Krankenbild in der Psychiatrie. Jemand, der unter einer multiplen Persönlichkeitsstörung leidet, lebt mit zwei oder mehr eigenständigen Persönlichkeiten, und jede von ihnen hat ihre eigenen Erinnerungen und Gedanken, ihre eigene Art, mit der Welt umzugehen. Oft übernehmen diese anderen Persönlichkeiten die Kontrolle über das Verhalten des Patienten, und dabei sind sie sich der jeweils anderen oder auch der Hauptidentiät dieser Person noch nicht einmal bewußt.“

„Ich bin mit diesen Dingen vertraut, Scully.“ Mulders Stimme klang müde.

Scully hielt an einer Ampel an und wandte sich zu Mulder um. „Diese anderen Identitäten werden auch als Teilpersönlichkeiten bezeichnet“, spann sie ihren Gedanken weiter, ohne auf den Einwurf ihres Partners einzugehen. „Und eine der am häufigsten beschriebenen Teilpersönlichkeiten ist die des Beschützers, eine Persönlichkeit, die das Individuum, das sozusagen ihr Gastgeber ist, behüten soll.“

Mulder rutschte noch tiefer in den Beifahrersitz. „Und was denken Sie, was mit Mostow los ist?“

„Es ist typisch für seine Geistesstörung“, folgerte Scully. „Es ist absolut möglich, daß Mostow die Morde begangen hat, sich aber nicht für sie verantwortlich fühlt, weil er tatsächlich davon überzeugt ist, daß ein Monster – eine ihm nicht bewußte Teilpersönlichkeit – es getan hat. Und er glaubt, er könnte sich schützen, wenn er die Schreckgespenster zeichnet. Oder er hat diese Monster erschaffen, weil das, was er tut, so schrecklich ist, daß es ihn selbst zerstören würde, wenn er sich nicht einbilden kann, es wäre das Werk eines übernatürlichen Wesens.“

„Vielleicht“, entgegnete Mulder wenig überzeugt. „Das erklärt aber immer noch nicht den Mord der letzten Nacht. Oder diese . . . *Skulpturen*. Außer Mostow ist noch immer etwas da draußen, Scully. Irgend etwas. Und es wird wieder zuschlagen.“

Obwohl Mitternacht schon beinah vorüber war, arbeitete Jerry Morales noch immer in seinem Studio. Er war ein attraktiver junger Mann mit kurzem, dunklen Haar und einem muskulösen Körperbau, der in seinem braunen T-Shirt und der engen Jeans vorteilhaft zur Geltung kam. An seinem rechten Ohr blinkte ein goldener Ohrring.

Mit äußerster Konzentration tauchte er das Ende seines langen Metallblasrohres in das geschmolzene Glas im Keramiktrog vor ihm. Die Flüssigkeit war auf 2000 Grad erhitzt und so heiß, daß sie wie eine kleine, grelle Sonne glühte.

Inzwischen arbeitete Morales schon seit über zehn Jahren mit Glas, und die vorsichtigen Bewegungen fielen ihm nach der langen Übung nicht mehr schwer. Schweiß lief ihm über das Gesicht, als er die geschmolzene Substanz aufnahm, um das Ende des Blasrohres wickelte und dabei das Rohr gleichmäßig drehte, um die passende Konsistenz zu erhalten.

Nun brachte er das Glas zu einem Tisch aus rostfreiem Stahl und fing an, es zu formen. Mit sanftem Druck rollte er es über die Tischplatte, um der Masse Gestalt zu geben und sie gleichzeitig abzukühlen.

Dies war das vierte Stück in dieser Nacht. Zuvor hatte er eine reichverzierte Vase mit irisierender Oberfläche geschaffen, die allerdings ganz anders ausgefallen war, als er es ursprünglich geplant hatte. Sie war eine bizarre Komposition geworden, doch die bisweilen unberechenbare Kombination aus Physik, Chemie und Kunst war gerade das, was Morales an der Glasbläserei so gefiel. Manchmal, wenn er wirklich gute Arbeit leistete, kam es ihm so vor, als hätte das Glas einen eigenen Willen, eine eigene Seele. Und manchmal schien es, als würde das Glas ihm diktieren, welche Form und Farbe es annehmen wollte.

Vorsichtig blies er in das Rohr und bedeckte dann die Öffnung mit einem Finger, während er zusah, wie die Luft aus dem erhitzten Rohr in das Glas strömte und ihm eine runde Form verlieh. Dieses Stück sollte eine Schale werden.

Er legte das Glas in den Schmelztiegel zurück und erhitzte es erneut. Dann warf er einen Blick auf die Uhr an der Wand. Normalerweise war er so spät nicht mehr bei der Arbeit, aber an diesem Wochenende hatte er eine Ausstellung geplant, bei der wichtige Kunden aus Los Angeles seine neuesten Stücke begutachten wollten.

Während er seine Arbeit fortsetzte, fragte er sich, warum er nicht wenigstens den Kassettenrecorder anstellte, jetzt, da Daryl gegangen war. Daryl war sein Geschäftspartner und verbrachte die meisten Abende in ihrem gemeinsamen Studio, doch heute war er bereits um neun Uhr aufgebrochen. Ohne ihn wirkte die Werkstatt sonderbar leer.

Ein Geräusch von der anderen Seite des Studios ließ Morales innehalten. Er arbeitete im Licht des glühenden Brenners, so daß der Rest des Raumes in tiefer Dunkelheit lag. Aufmerksam lauschend starrte er in die Finsternis, doch alles sah normal aus: die Bücherregale mit den Nachschlagewerken; der Schrank, in dem sie die Farben aufbewahrten; die Metallregale und Rollwagen, die mit allerlei Instrumenten und fertigen Glasgegenständen beladen waren. Reihenweise Vasen, Krüge, Schalen und Kelche, und jedes dieser kleinen Kunststücke leuchtete in seiner ganz eigenen, zarten, transparenten Farbe.

Für einige Sekunden verharrte Jerry bewegungslos, bis ihm bewußt wurde, daß er kostbare Zeit verlor. Das Glas kühlte bereits wieder aus, und er sollte ihm Form geben. Dennoch blieb er wie erstarrt stehen und lauschte: Das einzige Geräusch war das Zischen des Gases im Schmelzofen – und sein eigener Herzschlag. Es war verrückt. Es war einfach verrückt – er jagte sich nur selbst Angst ein. Er wartete noch ein paar Augenblicke und wandte sich dann mit einem leichten Kopfschütteln wieder seiner Arbeit zu. Erneut tauchte er das Blasrohr in den Keramiktiegel, um mehr Glasmasse aufzunehmen.

An der anderen Seite des Raumes trat eine Gestalt aus dem Schatten. Geräuschlos bewegte sie sich zwischen den Regalen mit den Glasobjekten, während sie die Klinge eines Hobbymessers in Anschlag brachte.

Das unangenehme Gefühl wollte einfach nicht

nachlassen. Jerry wandte sich erneut um – und dieses Mal sah er seinen Besucher. Zuerst dachte er an einen Scherz, jemanden in einem Kostüm, vielleicht einer der Künstler aus den anderen Studios in dem Gebäude. Der Bursche, der diese riesigen, abstrakten Ölgemälde anfertigte, veranstaltete oft nächtelange Partys, und vielleicht war der Fremde einer seiner Gäste. Dann aber wich der verständnislose Ausdruck im Gesicht des Glasbläsers einer Grimasse des blanken Entsetzens. Er bemerkte die Klinge, die im Licht des Schmelzofens rot aufleuchtete.

Er hob sein Metallblasrohr, versuchte, den Angriff abzuwehren, doch er hatte keine Chance. Das Messer sauste auf ihn herab und fand den Weg in sein Gesicht mit tödlicher Sicherheit. Die gequälten Schreie des Glasbläsers verhallten ungehört im leeren Gebäude.

Augenblicke später herrschte wieder Stille im Studio. Alles, was außer dem schlaffen Körper des jungen Mannes zurückblieb, war ein rotglühender Ball geschmolzenen Glases.

7

Reglos lag Jerry Morales auf dem Bett der Intensivstation der George-Washington-Universitätsklinik. Nur seine Augen, seine Nasenspitze und die Lippen waren noch unter den dicken Verbänden zu sehen, die sein Gesicht bedeckten. Diverse Kunststoffschläuche und Kabel verbanden ihn mit einer ganzen Anzahl elektronischer Geräte und Monitore und unterstützten seinen verzweifelten Überlebenskampf. Seit dem brutalen Angriff vor fast genau acht Stunden wäre er beinahe zweimal an Herzversagen gestorben.

Agent Greg Nemhauser stand direkt vor dem Krankenzimmer und hatte es endlich geschafft, die Aufmerksamkeit eines der vielen Ärzte zu erringen, die das Opfer behandelten. „Wie lautet Ihre Prognose, Doktor?"

„Prognose?" wiederholte die Ärztin in ungläubigem Tonfall. „Der Mann hat Glück, daß er überhaupt noch am Leben ist."

„Danke, Doktor", sagte Nemhauser steif. Dann bemerkte er Dana Scully, die vom anderen Ende des Gangs eilends auf ihn zustrebte. „Agent Scully . . ."

„Ich habe mit der Spurensicherung gesprochen", berichtete sie. „Sie haben Mostows Atelier auf den

Kopf gestellt. Dort scheint es aber keine weiteren Leichen zu geben."

„Wie viele sind gefunden worden?" fragte Nemhauser.

„Fünf", erwiderte Scully grimmig. „Alle zerstückelt. Alles junge Männer mit verstümmelten Gesichtern . . . so wie das letzte Opfer, soweit ich informiert bin."

„Wenigstens ist dieser Mann noch am Leben." Nemhauser führte sie in Jerry Morales' Krankenzimmer.

„Die Gesichtsverstümmelung weist dasselbe Muster auf", berichtete er, während er sich über den jungen Glasbläser beugte. „Und so wie es aussieht, stimmt auch die Tatwaffe überein."

„Was sagt Patterson dazu?"

„Ich habe noch nicht mit ihm gesprochen." Nemhauser hob die Schultern. „Aber ich wette, daß er nun auch auf den Gedanken kommt, daß Mostow mit jemandem zusammengearbeitet haben muß."

„Ja . . . dieser Theorie würde ich auch zustimmen."

„Und was denkt Agent Mulder darüber?"

„Er denkt, daß es ihm bei Patterson keine Pluspunkte eingebracht hat, die Skulpturen zu finden", entgegnete Scully wahrheitsgetreu. Sie hielt es für übertrieben, daß Mulder sich sogar über eine solche Nebensächlichkeit Gedanken machte, doch andererseits war sein persönlicher Konflikt mit Patterson nicht zu übersehen.

„Ganz unter uns", sagte Nemhauser vertraulich und lehnte sich ein wenig vor. „Ich glaube, daß Patterson heimlich zu Skinner gegangen ist und Mulder für diesen Fall angefordert hat."

„Er hat ihn angefordert?" echote Scully ungläubig.

„Ich arbeite jetzt seit drei Jahren mit Patterson an diesem Fall. Und diese Sache hätte ihn beinahe umgebracht – bis wir schließlich doch einen Durchbruch erzielt haben und Mostow verhaften konnten. Aber dann gab es den ersten Nachahmungsmord, wissen Sie ... das hat ihn wirklich umgehauen."

„Mulder glaubt, daß Patterson noch nie eine besonders hohe Meinung von ihm hatte."

„So ist Patterson eben." Nemhauser mußte unwillkürlich grinsen. „Aber spät am Abend, nach ein paar Bieren, fängt er dann an, mir Mulder-Geschichten zu erzählen. Wie großartig und genial er ihn findet."

Scully nickte, wobei sie sich der Ironie der ganzen Sache bewußt war. Dann bemerkte sie das Pflaster an Nemhausers Arm. „Sie sind genäht worden", stellte sie fest. „Was ist passiert?"

„Sie werden es nicht glauben, Mostow hat mich bei seiner Verhaftung tatsächlich gebissen und ..."

„Wie geht es unserem Opfer?“ unterbrach ihn von hinten eine forsche Stimme.

Beide wandten sich um und sahen Patterson, der soeben die Intensivstation betreten hatte. Die Augen in seinem starren Gesicht fixierten den Patienten.

„War er in der Lage, seinen Angreifer zu identifizieren?“ fragte Patterson weiter.

„Die Ärzte sagen, es ist noch zu früh, ihn danach zu fragen“, entgegnete Nemhauser. „Nicht, solange er in dieser Verfassung ist. Sie sind nicht einmal sicher, ob er es überhaupt schafft.“

In diesem Augenblick drehte Jerry Morales den Kopf zur Seite und würgte an dem dicken Schlauch in seinem Mund.

Doch Patterson schien dafür völlig blind zu sein – statt dessen heftete er seinen fordernden Blick auf Scully. „Wo ist Mulder?“

Scully war bemüht, freundlich zu bleiben. „Er sagte mir, er wolle versuchen, etwas über Mostows Zeichnungen herauszufinden.“

„Wonach sucht er?“ Pattersons Tonfall machte unmißverständlich deutlich, daß Mulder seiner Meinung nach lediglich wertvolle Zeit verschwendete.

„Ich nehme an, dasselbe wie Sie, Sir“, entgegnete Scully gleichmütig und schob ihre Hände in die Manteltaschen. „Einen zweiten Mörder.“

Die Augen des Glasbläsers öffneten sich leicht.

Drei Fremde standen an seinem Bett und unterhielten sich. Er hatte keine Ahnung, wer sie waren und was sie von ihm wollten. Seine Sehschärfe schwankte beständig, und der Raum war in einen weißen Dunst getaucht. Und da war noch eine vierte Person, jemand in einem weißen Kittel.

Die Ärztin ignorierte Morales' Besucher. Sie beobachtete den heftigen Ausschlag auf dem Monitor, als Morales kurz die Augen öffnete und krampfhaft versuchte, durch den Mund zu atmen. Dann schloß er die Augen wieder und die Anzeige beruhigte sich.

Als er erneut nach Luft rang, streichelte die Ärztin beruhigend über Jerrys Kopf. Schließlich wandte sie sich zu den drei FBI-Agenten um und sagte scharf: „Ich denke, Sie sollten Ihre Unterhaltung draußen weiterführen."

Ernüchtert verließen die Agenten den Raum. Nachdem die Ärztin neben dem Bett Platz genommen hatte, strich sie weiter sanft über das Haar ihres Patienten. Er kämpfte immer noch, und sie wußte, daß er um sein Leben rang.

Sie umklammerte die Hand des jungen Mannes, als könne sie ihn so am Leben halten. „Bleib bei uns", murmelte sie eindringlich. „Bleib bei uns."

8

Mulder bemerkte noch nicht einmal, daß das Tageslicht der Abenddämmerung und schließlich der Dunkelheit wich. Er blieb genau dort, wo er sich schon seit dem frühen Morgen aufgehalten hatte: in einem der Lesesäle der Universitätsbücherei von Georgetown. Auf dem Tisch, an dem er arbeitete, türmten sich diverse Nachschlagewerke, und allmählich fühlte er sich, als hätte er jedes einzelne davon von vorne bis hinten studiert.

Er blickte auf und rieb sich die Augen, während er durch die Rundbogentür in den nächsten Raum sah. Die Bücherei war beinahe verlassen. Er wußte, daß im Stockwerk unter ihm ein Bibliothekar über seinen Karteikarten saß, doch hier oben war er allein. Selbst die Studenten waren inzwischen nach Hause gegangen. Nach Mulders Ansicht war diese Bibliothek nicht der schlechteste Ort, um noch so spät zu arbeiten. Die Healy-Bücherei gehörte zu den älteren Gebäuden auf dem Campus und strahlte eine Wärme aus, die den neueren Bauten fehlte. Messingleselampen mit grünen Schirmen beleuchteten die einzelnen Tische, und auf der Rückseite des Raumes befand sich ein altmodischer, hölzerner Karteikartenkatalog.

Mulder konzentrierte seine Aufmerksamkeit wieder auf das Buch, das vor ihm lag. Er ließ seine Augen über die schwarzweiße Illustration einer der monströsen Wasserspeier der Kathedrale von Chartres wandern und las dann den Text unter dem Bild:

„. . . im Französischen werden die Skulpturen *Gargouille* genannt, nach einem mittelalterlichen Drachen, der das Seineufer nach Opfern durchstreifte und dessen Abbild zum Symbol für die Seelen der Verdammten wurde, die zu Stein erstarrt waren. Er wurde aber auch zum Inbegriff der Teufel und Dämonen der Unterwelt, die die ewige Verdammnis nicht fürchten mußten."

Er blätterte um und las weiter. „Der Gargouille gilt also als die Verkörperung jener Mächte des Universums, die den Menschen Furcht einflößten und sie mit Verdammnis bedrohten. Sie waren diejenigen, die die Menschen in die Hölle oder in das Reich ihrer eigenen kreatürlichen Ängste führten . . ."

Bringt mich das irgendwie weiter, wenn ich John Mostow verstehen will? fragte sich Mulder zum wiederholten Male. Er dachte an seine Studien in Oxford zurück. Wie die meisten Kliniker war er mit den Symptomen geistiger Störungen durchaus vertraut, trotzdem war es ihm nie gelungen, auch nur annähernd zu verstehen, was einen Menschen wie Mostow wirklich antrieb. Und das

Sonderbarste war, daß Mostow bei ihrem gestrigen Besuch den Eindruck erweckt hatte, als wolle er verstanden werden, als versuchte er, ihm etwas zu sagen. Vielleicht aber war er selbst der Verrückte, wenn er meinte, Mostows Geschwätz einen Sinn abringen zu können. Und doch, er konnte einfach nicht aufhören . . .

Stunden später starrte Mulder noch immer auf die Kupferstiche diverser schauerlicher Dämonen aus dem sechzehnten und siebzehnten Jahrhundert. Eine Sache irritierte ihn. Gargouilles waren in jener Zeit bekannt geworden, als die Kathedralen noch als ein steingewordenes Gebet angesehen wurden, dessen Bedeutsamkeit auch den Analphabeten in der Bevölkerung zugänglich war. Die Gargouilles wurden aufgestellt, damit die Gläubigen sie einfach nur ansehen mußte, um zu erkennen, was und wer sie waren – ob Beschützer oder Kreaturen aus dem tiefsten Höllenschlund, konnte Mulder allerdings nur vermuten.

Er zog eine von Mostows Zeichnungen hervor und verglich sie mit den Reproduktionen der alten Kupferstiche. Sie unterschieden sich kaum voneinander.

„Immer wieder das gleiche Bild, als würden die Gargouilles durch die Ausdrucksfähigkeit gemarteter menschlicher Seelen wieder zum Leben erweckt . . . fast, als würden sie wirklich existieren und die Menschen tief in ihrem Innersten quälen und auf diese Weise bis in alle Ewigkeit verfolgen ..."

... so, wie ES John Mostow verfolgt haben mußte, notierte Mulder. Er hörte Schritte in der Bibliothek, doch er war zu sehr in Gedanken, um sie zu beachten. *Ist das Böse etwas, das mit jedem von uns neu geboren wird*, fragte er sich. *Etwas, das sich im Schatten jeder menschlichen Seele versteckt und nur darauf wartet, hervorkriechen zu können ... ein Monster, daß uns nach seinem Gutdünken beherrschen kann? Ist das das Ungeheuer, das man gemeinhin Wahnsinn nennt?*

Seine Augen fielen zu, und sein Kopf sank herab. Ohne es wirklich zu merken, nickte er ein, den Kopf auf eines der aufgeschlagenen Bücher gebettet.

„Die Bücherei wird in ein paar Minuten geschlossen", erklärte Patterson mit lauter Stimme.

Mulder schrak auf. Sein ehemaliger Vorgesetzter beugte sich über den Tisch und blätterte in einem der Bücher. „So ... das ist also Ihre Art, nach einem zweiten Mörder zu suchen?" Pattersons Stimme troff vor Sarkasmus.

Demonstrativ schweigend wandte sich Mulder zu ihm um, denn jede andere Entgegnung hätte Patterson nur eine weitere Provokation entlockt. Er war schon immer ein gnadenloser Jäger gewesen, und Mulder hatte bereits vor langer Zeit gelernt, daß es besser war, Bill Patterson keine allzu große Angriffsfläche zu bieten.

„Erklären Sie mir einmal, Mulder", begann Patterson auf Neue. „Was tun Sie hier eigentlich? Was erwarten Sie zu finden?"

„Ich bin noch nicht sicher", erwiderte Mulder ehrlich.

„Aber Sie müssen doch eine Idee haben, irgendeine Theorie . . ."

„Ich habe sogar ein *paar* Theorien. Und ich versuche gerade, sie miteinander in Verbindung zu bringen."

„Mit der Nase in einem Buch?"

„Sie selbst haben das doch immer betont, Bill. ‚Wenn du einen Künstler kennenlernen willst, dann sieh dir seine Kunst an.' Und ich bin ausnahmsweise mal Ihrer Meinung."

Verächtlich kniff Patterson die Augen zusammen. „Ich weiß, wohin Sie damit kommen, Mulder. Weil ich selbst schon dagewesen bin. Und ich kann Ihnen sagen, daß Sie nur Ihre Zeit verschwenden."

„Dann können Sie mir vielleicht auch verraten, warum dieser Mann unter dem Zwang stand, immer und immer wieder dasselbe Gesicht zu zeichnen oder zu modellieren? Warum tut er das sogar jetzt noch?"

„Weil er krank ist", antwortete Patterson schroff. Er ergriff Mostows Zeichnung und knüllte sie zusammen. „Das ist nichts als das Gekritzel eines Verrückten."

Mulder konnte nicht glauben, daß das alles sein sollte. Eine von Mostows Äußerungen ließ ihm keine Ruhe. „Mostow sagte, dieses Ding würde sein eigenes Spiegelbild sehen wollen. Das bedeutet, es braucht Menschen, die seine Natur spiegeln oder ihr eine Form geben. Er sagte . . .“

„Mostow hat alles mögliche gesagt, nur nicht das, was ich von ihm hören will“, fuhr ihm Patterson in die Parade. „Den Namen seines Komplizen.“

Mulder betrachtete die Zeichnung auf dem Tisch und fuhr vorsichtig mit dem Finger darüber. „Vielleicht sagt er die Wahrheit.“

„Darüber, besessen zu sein?“

Erneut verweigerte Mulder die Antwort, und Patterson schüttelte hämisch den Kopf. „Ich muß Ihnen leider sagen, daß ich enttäuscht von Ihnen bin. Wirklich enttäuscht.“

Mulder hatte diese Worte schon so oft gehört, daß sie ihm beinahe komisch vorkamen. „Nun, ich möchte Sie ja schließlich nicht dadurch enttäuschen, daß ich Sie einmal nicht enttäusche“, konterte er mit einem müden Lächeln.

Doch Patterson hatte sich in Fahrt geredet. Er konnte der Gelegenheit zu einem weiteren vernichtenden Schuß nicht widerstehen. „Nach all den Jahren hatte ich gehofft, daß Sie endlich wieder mit den Füßen auf dem Boden gelandet wären. Offensichtlich habe ich mich geirrt.“

Mit diesen Worten stolzierte er davon und ließ Mulder allein darüber nachdenken, warum Pattersons Kritik ihn noch immer treffen konnte – obwohl er es eigentlich besser wußte.

Langsam erhob er sich, trat von dem Tisch zurück und streckte sich. Dann schlenderte er zum Fenster hinüber und starrte gedankenverloren auf die dunkle Straße hinunter.

Jenseits des Rundbogenfensters erregte ein schwarzer Schatten seine Aufmerksamkeit. Ein steinerner Gargouille kauerte auf dem Dachsims ganz in der Nähe – er glich Mostows Kreationen aufs Haar. Und er schien Mulder direkt anzustarren, ihn zu verfolgen, vielleicht sogar zu belauern. War das wirklich nur ein Stück Stein, oder war es etwas weitaus Mächtigeres?

Mulder fixierte die toten Augen des Wasserspeiers, und sein Blick verfinsterte sich.

9

Scully klopfte an die Tür von Mulders Appartement und wartete darauf, daß er antworten würde. Sie zwang sich zur Geduld. Immerhin war es schon beinahe elf Uhr nachts. Möglicherweise schlief er bereits, dann mochte es ein paar Minuten dauern, ehe er erwachte und die Tür öffnen konnte. Falls er überhaupt da war. Seit zwei Tagen hatte Scully nichts von Mulder gehört oder gesehen. Das letzte, was man ihr über ihn berichtet hatte, war, daß Patterson ihn am Vortag in der Bibliothek getroffen hatte. Erneut klopfte sie, dieses Mal lauter und energischer, doch sie konnte sich des unangenehmen Gefühls nicht erwehren, daß er überhaupt nicht zu Hause war.

„Mulder?" rief sie an die Tür gelehnt. „Mulder, ich bin's."

Noch immer keine Antwort. Besorgt entschied Scully, daß sie nicht riskieren durfte, noch länger zu warten. Sie zog den Schlüssel hervor, den Mulder ihr gegeben hatte, und schloß auf.

Mit einem leichten Quietschen öffnete sich die Tür.

„Mulder?"

Aus dem Inneren des Appartements antwortete

ihr nur Schweigen. Vorsichtig betrat sie den Raum und schaltete das Licht an. Das Wohnzimmer sah aus wie immer. Dank Mulders minimalistischer Dekorationsfähigkeit war es durch und durch funktionell und alles andere als gemütlich.

Hinter dem Wohnzimmer befand sich ein Schlafzimmer, das Mulder zu seinem heimischen Büro umfunktioniert hatte. Dort standen ein Schreibtisch, ein Computer und ein Sofa, umrahmt von weiteren unzähligen Aktenstapeln und Nachschlagewerken. Scully durchquerte den Raum und schaltete die Stehlampe an.

Ihre Augen weiteten sich, als sie sich direkt einem von Mostows Zeichenkohlemonstern gegenübersah, schaurig erhellt vom Licht der Lampe. Ein wenig schief war das Bild mit Klebestreifen an die Wand geheftet worden.

Scullys Beklemmung wuchs, als sie erkannte, daß dies nur eines von vielen Bildern war. Sie ließ ihre Blicke durch den Raum wandern, und was sie entdeckte, ließ sie beinahe taumeln: Mulder hatte alle vier Wände seines Büros mit Mostows Bildern und den Fotos seiner grauenhaften Skulpturen bedeckt. Der ganze Raum war zu einem collageartigen Schrein für den Mörder und seine Opfer geworden.

Wenn du einen Künstler kennenlernen willst, dann sieh dir seine Kunst an. Scully fragte sich, was das bedeuten sollte. Wollte Mulder Patterson überflügeln?

Sie trat näher an die Wand heran, und was sie sah, ängstigte sie mehr, als sie zugeben wollte. Mulder war ein hingebungsvoller Agent, einer der besten kriminalistischen Analytiker des FBI. Es war nicht ungewöhnlich, daß er sich tief in den Fall versenkte, den er gerade bearbeitete. Doch das hier ging weit über seine üblichen Bemühungen hinaus. Sehr weit.

Scullys Blick blieb an dem größten Monsterbildnis hängen. Es schien Mostows gesamten Irrsinn in Reinform wiederzuspiegeln: Es war eine Kreatur, die von Furcht und Zorn getrieben wurde, und zugleich doch ein Monster, das nach Blut und Zerstörung gierte. Scully schauderte. Wenn sie es nicht besser gewußt hätte, so hätte sie geschworen, daß ihr Partner dabei war, den Verstand zu verlieren.

Mulder war wieder einmal in dem düsteren Atelier, das Mostow sein Zuhause genannt hatte. Erneut hatte er einen Tag ohne eine Dusche, einen Rasierer oder einen Kamm verbracht. Oder mit besonders viel Schlaf. Nach der Digitaluhr auf Mostows Nachttisch war es inzwischen 0:14 Uhr, und Mulder war sich noch nicht einmal sicher, was er hier wollte, außer daß dieser Raum der einzige Ort zu sein schien, der mit dem Fall in direkter Verbindung stand. Immerhin hatte der zweite Mörder nicht nur getötet, sondern auch den Weg in

Mostows Studio gefunden, um an den ‚Skulpturen' zu arbeiten. Was weiter bedeutete, daß er – falls er immer noch unterwegs war, um junge Männer abzuschlachten – vermutlich an diesen Ort zurückkehren würde.

Mulder ging an den Wänden entlang und studierte die verbliebenen Kohlezeichnungen. Sowohl die Gleichartigkeit der Bilder als auch ihre feinen Unterschiede faszinierten ihn. Obgleich Mostow immer und immer wieder dasselbe Gesicht gezeichnet hatte, schien doch jedes Bild einen anderen Alptraum darzustellen. Beinah hatte Mulder den Eindruck, als könne er die düsteren Träume aus diesen Gesichtern herauslesen: der Gargouille, der sich an sein Opfer heranpirscht, es in die Ecke drängt, tötet, sich an den Schreien seines Opfers ergötzt . . .

Mulder rieb sich den Nacken. Diese Gedanken führten ihn nicht zu konstruktiven Überlegungen. Er blieb vor einer weiteren Zeichnung stehen und dachte daran, daß während der gesamten Geschichte Künstler ihre Werke immer wieder als das Ergebnis einer Inspiration beschrieben hatten. Sie behaupteten, daß sie bei der Arbeit von einer Art kreativem Geist beherrscht worden wären, und daß dieser Geist es war, der ihnen die Noten für ihre Stücke diktierte oder ihren Pinsel über die Leinwand führte. Was, wenn Mostow doch die Wahrheit sagte? Was, wenn er bei seiner Arbeit nicht von einer Muse, sondern vom Geist des Wahnsinns besessen gewesen wäre, einem Dämon, der zerstören und verstümmeln wollte? Sollte das die Wahrheit sein und sollte dieser böse Geist tatsächlich existieren, dann – so überlegte Mulder – war es auch durchaus möglich, daß der Dämon mittlerweile einen anderen Menschen gefunden hatte, den er als Werkzeug für seine ganz besondere Kunst benutzen konnte.

Die Zeichnungen enthielten den Schlüssel zu diesem Fall, davon war Mulder überzeugt. An diesen Bildern, in diesen Bildern, war etwas verborgen – und wenn er nur verstehen würde, was es war, dann würde er auch begreifen, was Mostow in ihnen gesehen hatte . . . und er würde wissen, wer der zweite Mörder war. Die Frage mußte also lauten, ob er fähig war zu ergründen, wer oder was von Mostow Besitz ergriffen hatte.

Mulder studierte eine weitere der grotesken Zeichnungen. Für einen Moment betrachtete er sie eingehend, ehe er die Hand ausstreckte, um sie zu berühren. Versuchsweise ließ er seine Finger über die Konturen der grausamen Fratze gleiten . . .

Eine Stunde später befand sich Mulder in dem Raum, in dem Mostow seine Skulpturen angefertigt hatte. Eine Industrielampe an der Decke flutete den Raum mit kaltem blauen Licht. Mulder hatte die Ärmel hochgekrempelt und stand nun vor einer

Schüssel mit schmutzigem Wasser. Mechanisch benetzte er die Hände und begann, einen Tonklumpen von der Größe eines Basketballs zu bearbeiten, der vor ihm auf einer hölzernen Töpferscheibe lag.

Mit den Fingern strich er über die rauhe Oberfläche des Tons, ehe er zu kneten begann. Dann formte er die ersten Konturen. So wie es vor ihm schon andere in diesem Raum getan hatten, bearbeitete er den Ton mit einer außergewöhnlichen und verstörenden Intensität, die beinah schon gewalttätig war.

Die alte Digitaluhr sprang auf 3:35 Uhr, als Mulder in dem schmalen Bett des Malers einschlief, die Hände mit Ton verkrustet und nur mit seinem Mantel zugedeckt. So unterschied er sich äußerlich kaum noch von John Mostow im Augenblick seiner Verhaftung.

Während Mulder schlief, fiel ein Schatten über sein Gesicht. Eisiger Wind fegte durch den Raum, und ein fauliger Gestank legte sich wie ein Leichentuch über das Bett. Etwas war in dem Atelier, und es beobachtete ihn.

Benommen öffnete Mulder die Augen, legte den Kopf auf die Seite und sah auf. Über ihm stand eine massige Gestalt, die er in der Dunkelheit kaum erkennen konnte. Mulder erhaschte nur einen kurzen Blick darauf, ehe die Kreatur sich umdrehte und davonrannte. Er blinzelte verdutzt und fragte sich, ob das, was er gesehen hatte, überhaupt wahr sein konnte: der Körper eines Mannes in schwarzen Hosen und schwarzer Jacke, die Finger zu langen Klauen gekrümmt. Das Antlitz schien direkt aus einem von Mostows Bildern zu stammen.

Hastig krabbelte Mulder aus dem Bett. Er nahm sich nicht einmal die Zeit, nach seinem Mantel zu greifen, und machte sich an die Verfolgung. Vor ihm rannte die Gestalt leicht geduckt durch den finsteren Flur, und die Dunkelheit verbarg ihre Züge.

Als Mulder schließlich das Ende des Flurs erreichte, war die Kreatur verschwunden, verschluckt von den Schatten des alten Fabrikgebäudes. Enttäuscht verharrte Mulder . . . dann hörte er das ferne Geräusch von Schritten, ein Stockwerk über ihm.

Er stürmte die Treppe hinauf und fand sich auf einem Friedhof vergessener Metallriesen wieder, die sich als kantige Silhouetten vor dem Licht des Mondes abzeichneten. Ein beißender Wind pfiff durch zerbrochene Fenster und brachte einen schwachen Modergeruch mit sich.

Der Gargouille war zweifellos in diesem Stockwerk. Mulder konnte seine Schritte weiter vorn hören. Er stürzte hinterher, zwang sich zu rennen, obwohl er alle zwei Schritte einem riesigen Rohr oder einer verrosteten Kabelrolle ausweichen mußte.

Im diffusen Licht erkannte er, daß die Gestalt

eine Leiter erklomm. Mulder erreichte die Leiter und stieg ebenfalls hinauf, je zwei Sprossen auf einmal nehmend. Das Metall unter seinen Händen war kalt und rutschig.

Die Leiter führte auf einen langen Steg mit gelbem Stahlgeländer. Die schmale Laufplanke schwankte bedrohlich unter den ausgreifenden Tritten des Gargouilles, doch Mulder setzte der Kreatur schweratmend nach. Der Steg führte im Zickzack an massiven Rohrleitungen vorbei, und Mulder holte allmählich auf. Wilde Hoffnung regte sich in seiner Brust – bis der Gargouille am anderen Ende der Planke die Tür aufriß, die auf das Dach hinausführte, und plötzlich wie vom Erboden verschwunden war.

Mit fliegendem Atem blieb Mulder stehen. Die winterlich kalte Luft fegte durch den dünnen Stoff seines Hemdes. Mulder sah sich um und zog instinktiv seine Waffe. Er befand sich auf dem Dach des Gebäudes, doch die dunkle Gestalt war nicht mehr zu sehen. Nur der heulende Winterwind sang sein Lied und schien ihn zu verspotten.

Mulder war nicht so dumm zu glauben, die Bestie sei einfach verschwunden. Vorsichtig schob er sich weiter vorwärts und spähte an einem der Schornsteine vorbei. Er war kaum ein paar Schritte weit gekommen, als der Gargouille plötzlich aus dem Schatten sprang und ihm einen heftigen Schlag versetzte.

Mulder ging zu Boden und schrie auf, als die Klauen der Kreatur über sein Gesicht fuhren. Er griff nach seiner Wange und fühlte Blut aus einer Schnittwunde unter dem Auge rinnen. Zitternd rappelte er sich wieder auf, doch die Kreatur schlug wieder zu, und dieses Mal beförderte ihn die Wucht des Hiebs durch die Luft und über den Rand des Daches. Er fiel und taumelte und glaubte für den endlosen Bruchteil einer Sekunde, in die gähnende Straßenschlucht zu stürzen.

Er landete auf einem niedrigeren Nachbardach. Der Aufprall war hart, obwohl er Glück hatte und auf einem Haufen alten Ölzeugs landete, das seinen Sturz ein wenig abfederte. Einen Augenblick lang blieb er benommen liegen, und die Luft wich pfeifend aus seinen Lungen. Ein kleiner Schwall Blut schoß aus der Wunde in seinem Gesicht.

Als er wieder atmen konnte, richtete sich Mulder langsam auf. Stille herrschte auf dem Dach. Es gab kein Geräusch, keine Bewegung. Die Kreatur war fort. Mulder dachte an die groteske Fratze, die er für einen kurzen Moment erblickt hatte, und er fragte sich, was genau er dort eigentlich gesehen hatte.

10

Das statische Rauschen eines Polizeifunkgeräts durchbrach die Stille der Nacht, und die rotierenden Signalleuchten der Streifenwagen tauchten die zerbrochenen Fenster der verlassenen Fabrik in ein bizarres Licht. Es war kurz nach vier Uhr morgens, und der Himmel war noch immer tiefschwarz. Den Polizisten, die sich bei dem alten Ziegelbauwerk eingefunden hatten, schien es, als würde diese eisige Nacht kein Ende nehmen wollen.

Scully stand im Treppenhaus und sah zu, wie Mulders Wunde verbunden wurde. *Mulder sieht furchtbar aus*, dachte sie. Seine Augen glänzten wie im Fieber, und sein Körper vibrierte vor unterdrückter Anspannung. Schweigend ließ er sich verarzten und machte keine Anstalten, auch nur irgend etwas zu erklären. Was war mit ihm geschehen? Warum verhielt er sich so geheimnisvoll? War der Grund darin zu suchen, daß er glaubte, er müsse sich Patterson gegenüber beweisen?

Nach ihrem Besuch in Mulders Appartement war Scully zur Zentrale gefahren, in der Hoffnung, ihn in seinem Büro zu finden. Doch auch dort war niemand. Schließlich hatte Scully den einzigen anderen Ort aufgesucht, von dem sie sich vorstellen konnte, daß Mulder sich dort aufhielt: John Mostows Atelier.

Manchmal, dachte Scully, *manchmal ist Fox Mulder genauso mysteriös wie die meisten unserer Fälle.* Sie war damit einverstanden, daß er ab und zu allein arbeiten wollte, doch dieses Mal nahm sein Verhalten immer sonderbarere Züge an. Ihr Partner bewegte sich auf gefährlichem Terrain, und sie war nicht davon überzeugt, daß ihm das bewußt war. „Mulder . . .“ begann sie.

„Es geht mir gut“, sagte er flach. „Sie hätten nicht herkommen müssen.“

„Sie waren weder zu Hause noch in Ihrem Büro“, erklärte Scully. „Ich war besorgt, Mulder. Das ist alles . . .“

Mulder reagierte nicht. Sie wußte noch nicht einmal, ob er ihre Worte überhaupt gehört hatte.

„Ich hatte keine Ahnung, wo Sie waren“, fuhr sie fort, denn sie wollte, daß er sie verstand. „Ich habe ständig versucht, Sie über Ihr Handy zu erreichen, aber Sie sind nicht drangegangen.“

„Es war abgestellt.“

„Sie haben es abgestellt?“ echote Scully, deren Sorge nun allmählich in Frustration überging. „Warum haben Sie es dann überhaupt mitgenommen?“

Erneutes Schweigen war die Antwort.

Der Sanitäter verstaute die Erste-Hilfe-Ausrüstung wieder in seiner Tasche. „Fertig ...“ Er gab Mulder einen aufmunternden Klaps. „Sie sollten trotzdem morgen einen Arzt aufsuchen, falls die Wunde sich entzündet.“

Mulder nickte kurz, nahm Scully seinen Mantel ab und ging davon, ohne sich weiter um seine Partnerin oder den Sanitäter zu kümmern.

„Danke.“ Mit einem stummen Blick bat Scully den Sanitäter um Entschuldigung. Dann hastete sie hinter ihrem Partner her und holte ihn schließlich ein, während er entschlossenen Schritts die Stufen in Richtung Ausgang hinunterlief.

„Mulder, Sie haben mir immer noch nicht gesagt, was Sie hier gemacht haben.“

Er zog seinen Mantel über. „Ich habe gearbeitet“, erklärte er mit einer vagen Geste.

„Um halb vier Uhr morgens?“

Mulder machte sich nicht die Mühe zu antworten, sondern öffnete die Außentür und eilte geradewegs zu seinem Wagen. Noch immer war das Gebiet rund um das Fabrikgebäude voller Streifenwagen. Scully blieb ihrem Partner dicht auf den Fersen. Zuerst war sie erleichtert gewesen, als sie ihn gefunden und festgestellt hatte, daß ihm nichts fehlte. Nun aber war sie besorgter als zuvor. Und sie war nicht gewillt, ihn ohne jegliche Erklärung davonkommen zu lassen.

„Mulder, ich habe Sie seit zwei Tagen weder gesehen noch gesprochen.“ Empörung mischte sich in ihre Stimme. „Sie haben keinen meiner Anrufe beantwortet . . .“

„Dieses Ding existiert, Scully“, unterbrach er sie. „Es ist real.“

„Es?“ wiederholte Scully verständnislos. „Wovon sprechen Sie?“

„Das, was auch jetzt noch junge Männer tötet . . .“ Er schluckte schwer. „Dieses Ding hatte von John Mostow Besitz ergriffen, und nun ist es in jemand anderem.“

Aber Scully war nicht mehr bereit, sich auf Mulders übersinnliche Erklärungen einzulassen. In diesem Fall gab es keinerlei Unklarheiten, und es wurde Zeit, daß auch Mulder das begriff. „Mostow hat diese Männer getötet, Mulder. Er leidet an einer Form der multiplen Persönlichkeitsstörung, und er mag durchaus glauben, daß ein . . . Ding diese Verbrechen begangen hat, aber es waren seine eigenen Taten. Und jetzt, aus einer Art krankhafter Verbundenheit heraus, macht eine andere Person genau dort weiter, wo er aufgehört hat.“

Mulder wandte ihr sein verwüstetes Gesicht zu. „Was auch immer mich angegriffen hat . . . war kein Mensch.“

Scully starrte ihn an. Sie wußte, er sagte die Wahrheit, doch sie wußte auch, daß er verwundet und erschöpft war. Vermutlich hatte er seit Tagen weder gegessen noch geschlafen. *Jeder Mensch kann unter solchen Umständen halluzinieren.*

Vorsichtiger fuhr sie fort: „Haben Sie es denn erkennen können?“

Mulder antwortete nicht.

Der folgende Satz war unvermeidbar. Scully haßte sich selbst dafür, doch sie mußte ihn mit diesem Argument konfrontieren. „Mulder, vielleicht haben Sie nur das gesehen, was Sie sehen wollten . . .“

„Wie kommen Sie darauf, daß ich das *sehen wollte*?“ konterte Mulder in unerwartet scharfem Ton. „Ich habe mir das nicht nur eingebildet, Scully.“

„Hören Sie sich doch einmal selbst zu, Mulder. Hören Sie zu, was Sie sagen. Sie hören sich allmählich an wie . . .“

Sie hielt inne und seufzte. Es würde nichts bringen, ihn weiter herauszufordern; sie würde ihn lediglich in die Defensive treiben, doch sie wollte, daß er sie verstand. Als sie wieder das Wort ergriff, war ihre Stimme sanfter. „Sehen Sie, als ich Sie nicht erreichen konnte, bin ich in Ihr Appartement gegangen. Ich habe Ihre neue Tapete gesehen.“

Mulder ignorierte sie, während er die Schlüssel aus seiner Hosentasche fischte und die Wagentür öffnete.

„Verstehen Sie denn nicht, was hier gespielt wird?“ Scully warf die Hände in die Luft. „Patterson stellt Sie auf die Probe. Er ist der Grund dafür, daß Sie zu diesem Fall hinzugezogen wurden, und jetzt drückt er bei Ihnen sämtliche Knöpfe.“

Mulder zögerte, ehe er in den Wagen stieg. „Patterson?“ fragte er leise.

„Er hat Sie in Skinners Büro angefordert“, berichtete Scully. „Ich habe mir das Formular selbst angesehen.“

Mulder nickte nur und behielt seine Gedanken für sich, während er sich hinter das Lenkrad schob.

„Mulder . . . wo wollen Sie jetzt hin?“

Aber ihr Partner war nicht gewillt, weitere Fragen zu beantworten. Scully mußte zusehen, wie er die Tür ins Schloß zog, den Zündschlüssel umdrehte und davonfuhr, während sie besorgt und hilflos zurückblieb.

Das war genug. Mit einem resignierenden Kopfschütteln wandte sie sich ab. Sie wollte jetzt nur noch nach Hause, doch auf dem Weg zu ihrem Wagen bemerkte sie, daß Patterson und Nemhauser nicht weit von ihr entfernt standen. Und obwohl die beiden Agenten sich scheinbar angeregt unterhielten, hatte Scully das untrügliche Gefühl, daß Patterson ihre Diskussion mit Mulder verfolgt hatte. Also ging sie geradewegs auf ihn zu und versuchte, ihren aufsteigenden Ärger im Zaum zu halten.

„Und, wie geht es Mulder?“ fragte Patterson.

Diese Frage bewies Scully, daß sie sich nicht geirrt hatte. Sie antwortete nicht, sondern fragte statt dessen: „Sir, kann ich Sie eine Minute sprechen?“

„Sicher . . .“ Patterson zog überrascht die Brauen hoch.

„Unter vier Augen“, fügte Scully hinzu.

Patterson nickte Nemhauser zu, der sich sogleich entfernte. Dann wandte sich der Leiter der Ermittlungen mit blitzenden Augen zu Scully um. „Also, worum geht es?“

„Vielleicht können Sie mir das sagen.“ Scully verschränkte die Arme vor der Brust. „Ich würde gerne wissen, was Sie mit Agent Mulder vorhaben.“

„Ich fürchte, ich weiß nicht, wovon Sie reden . . .“

Doch Scully ließ sich nicht aus der Ruhe bringen. „Ich denke doch, Sir“, beharrte sie. „Ich denke, Sie wußten genau, wie Mulder darauf reagieren würde, wenn Sie ihn zu diesem Fall hinzuziehen.“

Patterson blickte sie mit unbewegtem Gesicht an.

„Sie haben ihn doch angefordert, nicht wahr?“ drängte sie weiter.

„Wenn Sie sich Sorgen über Mulders Verhalten machen, dann sollten Sie das vielleicht besser mit ihm besprechen.“

„Sie wissen, daß ich das bereits getan habe“, schnappte Scully, während sie ihr Gegenüber mit einem bohrenden Blick fixierte.

„Und was wollen Sie dann noch von mir?“

„Ich möchte, daß Sie mir die Wahrheit sagen.

Was tun Sie hier? Was haben Sie vor? Soll das eine Art Heimzahlung sein, für etwas, was vor acht Jahren geschehen ist? Dafür, daß Mulder ihre Abteilung verlassen hat?“

„Meine Motive sind nicht so billig“, versicherte ihr Patterson und lächelte matt.

„Worum geht es dann?“

„Ich habe Mulder angefordert“, begann er, und in seiner Stimme schwang eine Bitterkeit, die Scully nie zuvor gehört hatte, „weil ich diesen gottverfluchten Fall ein für alle Male abschließen will.“

Scully war perplex. Pattersons Beweggründe waren das genaue Gegenteil von dem, was sie vermutet hatte. „Und Sie glauben, daß er Ihnen helfen kann, ihn zu lösen?“

Für einen kurzen Augenblick sah Patterson sie an, als wolle er sagen: „Wir beide wissen, daß er das kann.“ Dann aber erwiderte er: „Mein Rat für Sie, Scully. Lassen Sie Mulder tun, was er tun muß. Stellen Sie sich ihm nicht in den Weg, und versuchen Sie nicht, ihn aufzuhalten, denn dazu wären Sie nicht imstande.“

11

Scully sah zu, wie Patterson davonging. Seine Erklärung, warum er Mulder zu dem Fall hinzugezogen hatte, vermochte sie nicht wirklich zu beruhigen, ja, bei genauerer Betrachtung war sie sogar Grund für eine noch größere Besorgnis. Wer auch immer diese Morde begangen hatte, er hatte selbst den legendären Bill Patterson so sehr zur Verzweiflung getrieben, daß dieser Hilfe brauchte – und dabei das Risiko in Kauf nahm, daß Mulder, seine Geheimwaffe, diesen Fall möglicherweise nicht überleben würde.

Scully ging zu ihrem Wagen. Es war jetzt eindeutig Zeit, nach Hause zu fahren. Sie war vollkommen erschöpft und einer Lösung des Falls nicht einen Schritt näher gekommen. Sie hatte lediglich die Erkenntnis gewonnen, daß sie mehr denn je in Gefahr war, ihren Partner für immer zu verlieren.

Mit einem unterdrückten Gähnen öffnete sie die Wagentür, stieg ein und drehte den Schlüssel im Zündschloß. Dann, als sie gerade die Tür zuziehen wollte, fiel ihr Blick auf einen Gegenstand und ließ sie innehalten. Etwas Metallisches steckte im Vorderreifen eines Streifenwagens, der ganz in ihrer Nähe stand.

Scully beugte sich zur Beifahrerseite hinüber und holte ihre Taschenlampe aus dem Handschuhfach. Ohne den Motor abzustellen, stieg sie aus ihrem Wagen und untersuchte den Reifen genauer. Eine schmale Metallplatte ragte aus dem Gummi hervor.

Scully fischte ein Taschentuch aus ihrer Manteltasche und benutzte es, um das Metallstück vorsichtig herauszuziehen.

Es war die dreieckige Klinge eines Hobbymessers, und sie war blutverkrustet. Scully betrachtete die Klinge für einen Moment, ehe sie sich den Hals verrenkte, um an dem Rad vorbei unter den Wagen zu sehen und den Boden mit ihrer Taschenlampe abzusuchen.

Ihre Augen folgten dem Lichtstrahl, und schließlich entdeckte sie eine Hälfte des hölzernen Messergriffs. Nicht weit entfernt fand sie die andere in einer Pfütze aus Blut.

Im Büro der Gefängniswärter des D.C. Staatgefängnisses wartete Mulder darauf, daß sein unangekündigter Besuch genehmigt wurde. Er war aschfahl im Gesicht, unrasiert und nach wie vor völlig übermüdet. Die Wunde unter seinem rechten Auge brannte wie Feuer. Er wußte, daß er zu Hause im Bett liegen sollte, aber erst brauchte er eine Antwort auf jene Frage, die ihn seit dem Angriff der vergangenen Nacht quälte. Und es gab nur eine Person, die ihm diese Antwort geben konnte: John Mostow.

Endlich waren seine Papiere anerkannt worden, und Mulder wurde durch eine Metalltür geführt. Er folgte einem Wärter durch die dunklen Korridore zu Mostows Zellenblock. Obwohl er die Augen stur geradeaus gerichtet hielt, konnte er fühlen, daß ihn die Gefangenen aus ihren Zellen heraus beobachteten. Es waren Blicke voll roher Gewalt, die ihn verfolgten und umfangen hielten, und Mulder fragte sich, wie viele von ihnen Besuch von einer Kreatur wie dem Gargouille erhalten hatten.

Der Wärter blieb vor Mostows Zelle stehen und öffnete die schwere Stahltür. Dieses Mal hockte Mostow auf seiner Pritsche. Noch immer trug er die weiße Zwangsjacke, und seine rotumrandeten Augen glänzten in fiebriger Intensität. Ein Schweißfilm bedeckte sein Gesicht. Mulder hatte das Gefühl, daß er noch magerer als beim letzten Besuch wirkte, so, als hätte er seit Tagen nichts gegessen. Mißtrauisch registrierte der Gefangene, wie Mulder nähertrat.

„Warum hat es mich nicht getötet, so wie es die anderen getötet hat?“ begann Mulder ohne weitere Erklärung.

Mostow wandte den Blick ab und schwieg.

„Warum hat es mich am Leben gelassen?“

Schließlich erwiderte Mostow: „Selbst wenn ich

es Ihnen sagen könnte, würden Sie es nicht verstehen."

Mulder kniete sich vor Mostow auf den Boden und blickte ihm direkt in die Augen. „Dann helfen Sie mir, es zu verstehen, John."

„Bitte", flüsterte Mostow und versuchte Mulders Blick auszuweichen. „Lassen Sie mich allein."

„Nein", entgegnete Mulder, entschlossen, dieses Mal ein paar Antworten aus ihm herauszuholen. „Sie müssen mir helfen, tiefer einzudringen. Sie müssen mir helfen, in seinen Kopf einzudringen, so wie es in Ihren eingedrungen ist. Nur dann kann ich verstehen, was es will . . ."

„Es will, was es will!" Mostows Tonfall klirrte am Rande der Hysterie, einer Hysterie, die gut zu der Verzweiflung paßte, die Mulder empfand.

„Es will unschuldige junge Männer töten, indem es ihnen das Gesicht aufschlitzt?"

Mostow bebte vor Angst und Entsetzen. „Sie haben seinen Hunger gespürt? Haben gefühlt, wie Ihre Knochen unter seinem eisigen Atem schlottern?"

Mulder begegnete Mostows irrem Blick. Er brauchte noch nicht einmal zu nicken.

„Dann wissen Sie es." Schlagartig hatte sich Mostow beruhigt und lehnte sich mit einem triumphierenden Gesichtsausdruck an die Wand. „*Sie können gar nichts tun.*"

„Es sei denn, ich finde es“, widersprach Mulder.

Mostow schlug einen verächtlichen Tonfall an. „Und was wollen Sie dann tun?“ Er stand auf und wich zurück, als wäre Mulder der gefährliche Irre.

Mulders Stimme sank zu einem Flüstern herab. „Sagen Sie mir, wie ich es finden kann, John.“

„Nein!“

„Sagen Sie mir einfach, wie ich dieses Ding finden kann.“ Steifbeinig richtete sich Mulder auf und ging in der beengten Zelle auf Mostow zu.

„Sie können es nicht finden!“ beharrte Mostow.

Ohne Vorwarnung versetzte ihm Mulder einen so harten Schlag ans Kinn, daß Mostow zu Boden befördert wurde. Mostow schrie auf und zog sich blitzschnell an die Zellenmauer zurück.

Mulder kniete sich erneut auf den Boden – und seine Hände fanden den Weg zu Mostows Hals. „Sagen Sie mir, wie!“ forderte er.

„Sie . . . Sie können es nicht finden“, keuchte Mostow.

So plötzlich wie es begonnen hatte, war es wieder vorbei. Mulder ließ Mostow los und erhob sich, schmerzlich getroffen von seinem eigenen gewalttätigen Ausbruch. Er schluckte und fuhr sich durch das wirre Haar. Er hatte gerade einen vollkommen hilflosen Mann in einer Zwangsjacke angegriffen.

Dunkelrotes Blut quoll aus Mostows Lippe hervor, und er starrte sein Gegenüber mit einem Blick an, der so brennend war, daß Mulder seine Augen abwenden mußte.

Schließlich würgte Mostow eine Antwort hervor. „Es kann Sie finden.“ Etwas hinter seinen stechenden Pupillen vermittelte Mulder das beängstigende Gefühl, daß Mostow direkt durch ihn hindurchblicken und Wahrheiten sehen konnte, die sich ihm selbst verschlossen. „Und vielleicht“, fügte Mostow kaum hörbar hinzu, „hat es das bereits.“

12

In der Abteilung für Fingerabdrücke im wissenschaftlichen Labor des FBI schaltete Agent Sarah Sheherlis die Deckenlampen aus. Sheherlis war eine Frau in den Vierzigern, die eine offene und intelligente Präsenz ausstrahlte. In Scullys Augen war sie eine herausragende Wissenschaftlerin: eine korrekte und beharrliche Analytikerin, jemand, der für alle Eventualitäten offen war und sich von niemandem einschüchtern ließ.

Sheherlis trat zu dem Arbeitstisch, an dem Scully die beiden Hälften des Hobbymessers unter einem Vergrößerungsglas in Augenschein nahm. Aus gutem Grund hatte Scully Messer und Klinge zu Sheherlis gebracht, denn sie selbst zählte nicht zu den besten Labortechnikern des FBI. Nicht nur, daß Sheherlis fähig war, Details zu entdecken, die andere übersahen, Scully konnte sich überdies auch nicht erinnern, daß ihre Kollegin sich jemals geirrt hätte.

Sheherlis reichte Scully eine Schutzbrille, die der glich, die von ihrem Hals herabbaumelte.

„Zuerst habe ich nichts gefunden", berichtete sie Scully. „Alle drei Teile waren sauber. Aber beim zweiten Versuch hatte ich dann Glück."

Sheherlis schob sich die Brille vor die Augen, und Scully folgte ihrem Beispiel. Als sie die stabförmige Vorrichtung mit der ultravioletten Leuchtröhre anknipste, schaltete Scully die Lampe an dem Vergrößerungsgerät ab. Mit einem gespenstischen Scheinen spiegelte sich das violette Licht auf ihren Brillengläsern.

„Ich habe die Klinge mit Redup behandelt . . ."

„Wie bitte?" fragte Scully verständnislos.

„‚Puder', rückwärts ausgesprochen", erklärte ihr die Labortechnikerin. „So nennen wir das fluoreszierende Lykopodium."

Sheherlis richtete die UV-Lampe auf die Klinge des Messers, und Scully betrachtete sie durch eine Lupe.

Halbmondförmig leuchtete ein Fingerabdruck auf der Oberfläche der Klinge auf.

„Sieht nach einem Teilabdruck aus", kommentierte Scully.

„Und auf der linken Hälfte des Griffs ist ein beinahe vollständiger Daumenabdruck", fügte Sheherlis hinzu. Sie richtete die UV-Lampe auf den Messergriff aus und brachte einen deutlich erkennbaren Daumenabdruck zum Vorschein.

Während sie die fluoreszierenden Abdrücke unter der Lupe betrachtete, keimte vorsichtige Hoffnung in Scully auf. Vielleicht hatten sie doch endlich Glück in diesem Fall. Vielleicht war dies der Durchbruch, auf den sie gewartet hatten: ein Hinweis auf die Identität des zweiten Mörders.

„Die Lage der Fingerabdrücke ist mir aufgefallen“, fuhr Sheherlis fort.

Scully konnte daran nichts Ungewöhnliches erkennen. „Sie liegen genauso, wie jemand ein Messer ergreifen würde.“

Sheherlis nickte. „Darum habe ich ja auch geglaubt, ich hätte Ihren Mörder, aber ...“ Sie nahm die Brille ab. „Ich mußte meine Meinung ändern, als ich die Fingerabdrücke mit denen der nationalen Datenbank verglichen habe.“ Sie meinte die zentrale Datenbank für kriminaltechnische Informationen.

Scully setzte ebenfalls die Brille ab und sah die Wissenschaftlerin neugierig an. „Aber laut Ihrer Nachricht haben Sie sie doch identifiziert ...“

„Ja, das habe ich“, versicherte Sheherlis. „Nur gehören sie zu einem von unseren Leuten.“

„Ein FBI-Agent?“ fragte Scully aufrichtig überrascht. Natürlich waren auch die Fingerabdrücke aller Mitarbeiter des FBI gespeichert, aber ...

„Ihr Partner“, erwiderte Sheherlis.

Für einen Moment glaubte Scully, nicht richtig gehört zu haben. „Das sind Mulders Fingerabdrücke? Sind Sie sicher?“

„Ich habe es zweimal überprüft“, entgegnete Sheherlis. Verdutzt blickte sie Scully von der Seite an und hob dann leicht lächelnd die Schultern.

„Warum? Ich bin davon ausgegangen, daß er derjenige war, der das Messer am Tatort gefunden hat."

„Entschuldigen Sie mich", haspelte Scully. Dann hetzte sie aus dem Labor hinaus, ehe Sheherlis ihr noch weitere Fragen stellen konnte.

Zwanzig Minuten später war Scully bereits im Beweismittelraum L-7 der FBI-Zentrale. Der große Raum wurde von Reihen metallener Regale durchzogen, die bis zur Decke hinauf reichten. Auf jedem Regal standen Dutzende Kartons mit Beweismitteln aus Diebstählen, Entführungen, Vergewaltigungen und Morden. Alles wurde sorgfältig beschriftet und katalogisiert, als könne man so das Schlechteste, was Menschen tun können, wenigstens anständig verwahren.

Scully folgte einem bebrillten jungen Agenten, der sie durch den langen Gang führte. Noch immer konnte sie nur schwer glauben, was sie von Sheherlis erfahren hatte. Und selbst wenn Mulder derjenige gewesen wäre, der das Messer am Tatort gefunden hatte, so war er doch ein viel zu akribischer Ermittler, um seine Fingerabdrücke darauf zu hinterlassen. Mulder war stets peinlich darauf bedacht, Latexhandschuhe anzuziehen, ehe er ein Beweisstück zur Hand nahm. Sicher, er hatte in letzter Zeit nicht viel geschlafen . . . es blieb dennoch die Frage: Wann und warum hatte er dieses Messer in der Hand gehabt?

Endlich blieb der junge Agent stehen und zog einen weißen Karton von einem der oberen Regalbretter – den Karton, in dem sich die Beweismittel aus dem Fall Mostow befanden. Das Telefon klingelte, und er sagte hastig: „Da vorn ist ein Tisch, an dem Sie den Inhalt begutachten können."

„Schon in Ordnung", nickte Scully. „Stellen Sie ihn einfach auf den Boden."

Als das Klingeln erneut ertönte, wandte sich der junge Mann zum Gehen. „Ich muß abnehmen", sagte er entschuldigend. Dann eilte er davon und ließ Scully mit dem Karton allein.

Gut, dachte Scully. Es war ihr lieber, nun unbeobachtet zu sein. Tief durchatmend kniete sie sich auf den Boden, voller Furcht vor dem, was sie in dem Karton finden – oder nicht finden – würde. Hastig nahm sie den Deckel ab und durchstöberte den Inhalt. Haarsträhnen von einem der Opfer, die man in Mostows Wohnung gefunden hatte. Fasern von Mostows Jacke, die unter den Fingernägeln eines anderen Opfers zum Vorschein gekommen waren. Einer von Mostows Kohlestiften und eines seiner gezeichneten Scheusale, das er im Wagen eines weiteren Ermordeten zurückgelassen hatte.

Angst stieg in Scully auf, als sie fand, wonach sie gesucht hatte. Langsam zog sie den leeren Plastikbeutel hervor – auf dem Etikett stand: MOSTOW, JOHN L. L-7#2257 MESSER.

Scully blieb in der Hocke und starrte auf den

leeren Beutel in ihrer Hand, wobei sie sich fragte, was diese Entdeckung zu bedeuten hatte. Hatte Mulder das Messer genommen? Dann müßte er den Empfang quittiert haben, es sei denn, er hätte sich diese Mühe nicht gemacht. Über diese letzte Möglichkeit mochte Scully gar nicht erst nachdenken. Wenn Mulder ein Beweisstück ohne Genehmigung an sich genommen hatte und Skinner das jemals herausfinden sollte . . .

„Entschuldigen Sie. Agent Scully?“

Als sie die Stimme des jungen Agenten hörte, zuckte sie unwillkürlich zusammen. Er trat hinter sie, und Scully fragte sich, ob er etwas über Mulder wußte.

„Der Anruf war für Sie“, meldete der junge Mann. „Assistant Director Skinner möchte Sie sofort sehen.“

13

Scully klopfte an die Tür von Skinners Büro und wartete. Sie freute sich nicht gerade auf das Gespräch mit ihrem Vorgesetzten. Schon früher hatten sie und Mulder Zusammenstöße mit Skinner erlebt: Als ehemaliger Marinesoldat war er ein harter und anspruchsvoller Boß, der sich eisern an die Regeln hielt, und er war nicht gerade ein Freund von Mulders unorthodoxen Ermittlungsmethoden. Darüber hinaus war er für seine Undurchschaubarkeit berüchtigt. Scully wußte nie, ob er sie loben oder ihr die Leviten lesen wollte – in der Vergangenheit hatte er schon beides getan. Sie wußte, daß er ein schwieriger Gesprächspartner sein konnte, und sie wußte, daß sie mit ihm so vorsichtig umgehen mußte wie mit einem Verdächtigen.

„Herein", ertönte Skinners Stimme jenseits der Tür.

Scully betrat das große, karge Büro. Die einzigen Dekorationsobjekte im Raum waren eine amerikanische Fahne und ein Bild des Präsidenten der Vereinigten Staaten. Beide erinnerten den Betrachter an Skinners zielstrebige und aufrichtige Dienstbeflissenheit gegenüber seinem Land. Skinner selbst war ein Mann in mittleren Jahren mit kurzgeschorenem Haar, einer Drahtgestellbrille und einer aufrechten Haltung, die ihn noch immer als ehemaligen Militärangehörigen kennzeichnete.

„Sie wollten mich sprechen, Sir?“ fragte Scully, wobei sie hoffte, daß sie nicht ganz so verstört aussah, wie sie sich fühlte.

„Ja, setzen Sie sich.“ Wie üblich kam Skinner gleich zur Sache. „Ich hörte, man hat Sie im Beweismittelarchiv angetroffen. Ich nehme also an, Sie haben nach der Mordwaffe im Fall Mostow gesucht.“

„Ja, Sir.“

„Haben Sie sie gefunden?“

Scully schüttelte den Kopf. „Nein, Sir.“

Wie ein Staatsanwalt, der sich daran macht, einen Verbrecher festzunageln, hatte sich Skinner seine Fragen genau überlegt. „Ist das verschwundene Beweisstück Ihrer Meinung nach dieselbe Waffe wie die, die Sie heute vor dem Haus von Mostow gefunden haben?“

„Ich bin nicht ganz sicher“, entgegnete Scully ausweichend.

„Aber Agent Mulders Fingerabdrücke sind darauf gefunden worden.“

„Ja, Sir.“ Bei dieser Antwort mußte sie bei der Wahrheit bleiben, allerdings fragte sie sich, wie er so schnell davon erfahren hatte.

Einen Augenblick lang starrte Skinner sie

schweigend an, und sie war sich darüber im klaren, daß er ganz genau wußte, was sie tat: Sie antwortete ihm stets so knapp wie möglich – lieferte ihm gerade genug Informationen, um einem Verweis wegen Gehorsamverweigerung zu entgehen.

„Haben Sie Agent Mulder gesehen oder mit ihm über diese Angelegenheit gesprochen?“

„Nein, Sir.“

„Haben Sie einen Überblick über Agent Mulders derzeitige Geistesverfassung?“

Scully antwortete rasch und vorsichtig. „Ich weiß, daß Agent Mulder sehr hart an diesem Fall arbeitet . . . auf Ihren Befehl hin, Sir“, erinnerte sie ihn.

Skinner ignorierte die spitze Bemerkung. „Machen Sie sich Sorgen um ihn, Agent Scully?“

„Nein, Sir“, erwiderte Scully, womit sie ihren Vorgesetzten zum ersten Mal direkt belog.

Nachdenklich stützte Skinner das Kinn in die Hand, und sein Blick schien Scully zu durchbohren. Wieder fragte er sie, doch dieses Mal gewährte er ihr den Schutz, den sie brauchte. „Und inoffiziell?“

Noch immer zögerte Scully, doch dann ließ sich ihre quälende Sorge um Mulder nicht länger unterdrücken. Ein dunkler Schatten huschte über ihr Gesicht und offenbarte ihre Gefühle.

Skinner nickte. Das war die Antwort, auf die er gewartet hatte. „So geht es mir auch“, sagte er leise.

Wieder befand sich Mulder in Mostows Skulpturenatelier. Draußen heulte der Wind, und fahles Mondlicht drang durch ein verschmutztes Oberlicht und schwamm über die Statuen, die nach der Verunstaltung durch das FBI nur noch furchterregender aussahen. Manche thronten noch ausgeweidet auf ihren Stahlgestellen, andere lagen auf dem Boden.

Mulder stand in der Dunkelheit und ließ den Strahl seiner Taschenlampe durch diesen Vorraum der Hölle gleiten. Obwohl das alte Fabrikgebäude unbeheizt und furchtbar kalt war, bedeckte ein dünner Schweißfilm sein Gesicht.

Er konnte nicht aufgeben. Irgend etwas war hier, und er mußte es finden. Sein Lichtstrahl huschte über groteske Gesichter und verursachte bizarre Schatten, die über die Wände glitten und über ihm an der Decke lauerten.

Allmählich machte ihn diese Umgebung mürbe. Mulder wußte, daß es verrückt war, doch er war sich sicher, daß ihn die Gesichter anstarrten. Sein Herz schlug heftig, während die Schatten der Gargouilles immer bedrohlich vor ihm aufragten . . .

Am Boden bemerkte Mulder plötzlich eine Silhouette, die sich von hinten an ihn heranschob. Er wirbelte herum und wurde sofort angegriffen. Seine Taschenlampe polterte zu Boden.

Mulder kämpfte grimmig, wand sich im Griff der Bestie und versuchte, seine Hand aus den

Klauen des Angreifers zu befreien. Es war dieselbe Kreatur, die ihn schon einmal attackiert hatte: ein Mann in dunkler Jacke und Hose mit dem monströsen Gesicht eines Gargouilles.

Mulder verdrehte den Kopf – und erblickte den jungen Special Agent Nemhauser, Pattersons neuen Liebling, der direkt hinter seinem Angreifer stand und teilnahmslos zuschaute. Und gegenüber von Nemhauser lehnte Patterson an der Wand und sah ebenfalls zu.

Mit ungeheurer Mühe gelang es Mulder, seinen Arm zu befreien, und er erkannte, daß er das Messer – das Hobbymesser – in seiner eigenen Hand hielt. Er stach mit der Waffe nach seinem Angreifer, doch er was nicht schnell genug. In der Klaue des Gargouilles blitzte ebenfalls eine Klinge auf, und das Monstrum ließ sie niedersausen . . . sie flog heran . . . ein tödlicher Blitz aus Stahl, der Mulders Gesicht zerfetzen würde.

14

Mit einem erstickten Aufschrei erwachte Mulder, wobei er den Inhalt der Fallakte, die auf seiner Brust gelegen hatte, auf dem Boden verstreute. Er war zu Hause. In seiner eigenen Wohnung. Er war auf seinem Sofa eingenickt, während er zum x-ten Mal die Akte Mostow studiert hatte. Nicht einmal seine Krawatte hatte er abgelegt. Erst als er sich aufsetzte und sich die Augen rieb, spürte er, wie sich sein Herzschlag langsam wieder beruhigte.

Der Angriff des Gargouilles, Nemhauser und Patterson, die den Kampf mit kalten Gesichtern beobachtet hatten – es war alles nur ein böser Traum gewesen. Doch er war sich sicher, daß dieser Nachtmahr auch etwas zu bedeuten hatte. Mulder wußte, daß jeder Traum auch einen wahren Kern hatte, und es war an der Zeit, endlich herauszufinden, wie diese Wahrheit aussah.

Er schnappte sich seinen Mantel und verließ das Appartement. Draußen pfiff der Wind durch die Bäume, und die schwankenden Äste warfen im Mondlicht ihre knotigen Schatten auf Häuserwände und Straßen.

Mulder parkte seinen Wagen nahe an der Laderampe von Mostows Haus. Ihm war, als wäre keine Zeit vergangen seit der vorangegangenen Nacht – seit der Gargouille ihn tatsächlich angegriffen hatte.

Rasch stieg er aus und durchquerte das verlassene Fabrikgelände, wobei er seine Hände zum Schutz vor der beißendkalten Luft in den Taschen barg. Dunstschleier stiegen von anderen Gebäuden in der Umgebung auf.

Mulder öffnete die Außentür und stieg mit der Taschenlampe in der Hand die knirschende Treppe hinauf. Als er sich Mostows Höhle näherte, fühlte er, wie sich sein Herzschlag beschleunigte. Die Erinnerung an den Angriff der vergangenen Nacht stieg in ihm auf, ebenso wie die Bilder seines Traums, die so real gewesen waren. Nun mußte er der Wirklichkeit direkt ins Gesicht sehen: Mostows Gargouilles, Fratzen, die die unbarmherzigen Kinder der Unterwelt zu sein schienen.

Er stieß Mostows Tür auf und leuchtete mit der Taschenlampe in die staubige Dunkelheit. Langsam und bedächtig durchquerte er den Wohnraum und trat durch die schlichte Brettertür in die grauenvolle Galerie, die dahinter verborgen gewesen war.

Seine Nackenhaare sträubten sich, als er das Skulpturenatelier betrat. Er ließ die Taschenlampe durch den Raum schweifen, und die Schatten der grotesken Statuen glitten über die Wände. Das alles erinnerte ihn so sehr an seinen Traum, daß Mulder beinahe erwartete, jeden Augenblick attakkiert zu werden. Jeden Moment mußte er einen Schatten am Boden sehen und . . .

Doch dann bemerkte Mulder etwas, das ihn erstarren ließ. Im hellen Lichtstrahl erblickte er einen Gargouille aus Ton, der ihn aus merkwürdig lebendigen Augen anstarrte. Er lauerte auf derselben Töpferscheibe, an der Mulder die Nacht zuvor gearbeitet hatte, und anders als die anderen Figuren war diese noch vollständig erhalten.

In der vorangegangenen Nacht war sie noch nicht dagewesen.

Furcht stieg in Mulder auf, als er sich der neuen Skulptur näherte. Kopf, Brust und Schultern; doch die Büste hatte keine Arme. Mulder betrachtete sie genauer. Sie glich den anderen Figuren, und doch war ihr Gesicht irgendwie anders . . . trauriger. Er berührte sie. Der Ton war noch feucht.

Dann erregte ein leises Schmatzen seine Aufmerksamkeit. Mit Hilfe seiner Taschenlampe suchte er nach der Ursache des Geräusches und entdeckte schließlich die schwarze Katze, die den Schein der Lampe floh und sich eilends in den Schatten zurückzog.

Zurück blieb eine Pfütze dunkelroten Bluts, aus der sie getrunken hatte.

Im schwachen Licht der Taschenlampe versuchte Mulder den Ursprung dieser Lache zu finden. Sie wurde von einem Rinnsal gespeist, das hinter aufgestapelten Kisten hervorquoll.

Vorsichtig schob sich Mulder an den Kisten vorbei. Er mußte der Blutspur nicht weit folgen: Auf dem Boden entdeckte er eine menschliche Hand, ihre Finger hatten sich im Tode verkrampft und krallten sich verzweifelt in die Bodenbretter.

Während er gegen aufsteigende Übelkeit ankämpfte, ließ Mulder den Schein seiner Lampe über das Handgelenk hinaus gleiten. Es war ein ganzer Arm, der da auf dem schmutzigen Boden vor ihm lag, ein ganzer Arm, mit Hemdsärmel und Manschettenknöpfen. Der Baumwollstoff hatte sich mit Blut vollgesogen, nachdem der Arm in Schulterhöhe abgetrennt worden war.

15

Als Scully bereits im Fahrstuhl ihres Appartementhauses war, ging ihr der Fall noch immer nicht aus dem Kopf. Es war ihr noch nie leichtgefallen, die Arbeit im Büro zu lassen, und dieser Fall berührte sie mehr als die meisten anderen. Keine der üblichen Ermittlungsmethoden schien zu fruchten. Fingerabdrücke, Überwachungen und das sorgsame Zusammentragen von Beweisen hatten sie zu John Mostow geführt. Doch die Morde hatten nicht aufgehört, und soweit sie es beurteilen konnte, war niemand einen Schritt weiter gekommen in dem Versuch, sie zu beenden. Außerdem führte das einzige neue Beweisstück – die Fingerabdrücke auf dem Messer – geradewegs zu Fox Mulder.

Wie zur Krönung hatte ihr die Befragung durch Skinner den letzten Nerv geraubt. Walter S. Skinner war kein Mann, den man auf die leichte Schulter nehmen sollte. Wenn er sich wegen Mulder Sorgen machte, so würde er vermutlich auch bald etwas unternehmen. Scully fragte sich, ob er sie von dem Fall abziehen würde – falls er Mulder überhaupt finden konnte, um ihm das mitzuteilen. Sie selbst hatte immer noch nichts von ihrem Partner gehört, und dieser Umstand bereitete ihr mehr Kopfzerbrechen als alles andere.

Sie öffnete die Tür zu ihrem Appartement und registrierte, daß die rote Lampe an ihrem Anrufbeantworter blinkte. *Vielleicht eine Nachricht von Mulder*, dachte sie, als sie ihren Mantel ablegte.

Schnell ging sie zum Anrufbeantworter, betätigte die Wiedergabetaste und wartete ungeduldig, daß das Band zurückgespult wurde. Dann piepte das graue Gerät, und die leise, drängende Stimme von Agent Nemhauser erklang aus dem kleinen Lautsprecher. „Hier ist Greg Nemhauser. Bitte rufen Sie mich so schnell wie möglich unter 555-0143 zurück. Ich muß dringend mit Ihnen sprechen, über einen möglichen . . .“

Wie abgeschnitten verstummte die Stimme. Aus unerfindlichen Gründen war die Verbindung unterbrochen worden.

Alarmiert spulte Scully das Band zurück, ergriff ihr Telefon und wählte Nemhausers Nummer . . .

In Mostows Skulpturenatelier erschrak Mulder, als er ein Handy läuten hörte. Die Tonlage war zu hoch, als daß es sein eigenes hätte sein können. Während das schrille Geräusch mit nervtötender Eintönigkeit andauerte, machte sich Mulder auf die Suche nach seiner Quelle. Für ihn ergab das keinen Sinn. Mostow hatte ganz bestimmt kein

Handy besessen. Er konnte sich ja kaum eine vernünftige Bettdecke leisten.

Mulder dirigierte den Lichtstrahl der Taschenlampe über den Boden, leuchtete in einen Werkzeugkasten und einen Plastikeimer und schließlich um die grotesken Skulpturen herum. Nichts. Doch das beharrliche Klingeln stachelte ihn an, die Suche nicht aufzugeben.

Endlich fand der Lichtstrahl einen Herrenmantel, der zerknittert auf einem der Arbeitstische lag. Als Mulder sich darauf zu bewegte, schien das Klingeln lauter und lauter zu werden. Er hob den zerrissenen Mantel hoch und fand das Telefon in einer der Taschen.

Hastig zog er die Antenne heraus und schaltete das Handy auf Empfang. „Hallo?“

„Mulder?“ fragte eine weibliche Stimme überrascht.

„Scully?“

„Wo sind Sie?“

„In Mostows Atelier.“

„Sind Sie mit Nemhauser dort?“

Jetzt war es an Mulder, verblüfft zu sein. „Nein. Sollte ich?“

„Naja . . . eigentlich wollte ich ihn anrufen“, erklärte Scully. „Er hat diese Nummer auf meinem Anrufbeantworter hinterlassen. Er sagte, er müsse mit mir reden.“

Mulder reagierte nicht, sondern starrte den

Mantel in seiner Hand mit einem Ausdruck wachsenden Entsetzens an. Es war Nemhausers Telefon, und das bedeutete, daß es Nemhausers Mantel war, und das bedeutete . . .

„Mulder?“

„Ja.“ Er wünschte, er wäre nicht derjenige gewesen, der diesen Mantel gefunden hatte. Er wünschte, Scully hätte nie angerufen.

„Wissen Sie, wo er ist?“

„Ich . . . bin mir nicht sicher“, erwiderte er zögernd.

Scully konnte die Anspannung in Mulders Stimme hören. Was um alles in der Welt mochte da vorgehen? Sagte Mulder auch die Wahrheit? Sie beschloß, ihn auf die Probe zu stellen.

„Mulder“, begann sie vorsichtig, „dieses Messer, das ich vor Mostows Haus gefunden habe – ich glaube, es ist das, das Mostow für seine Morde benutzt hat.“

„Wie kommen Sie darauf?“

„Weil Mostows Messer aus dem Beweismittelarchiv gestohlen wurde.“

„Wann?“ erkundigte sich Mulder tonlos.

„Ehrlich gesagt . . . ich hatte gehofft, Sie könnten mir das sagen“, entgegnete Scully. „Ihre Fingerabdrücke sind drauf.“

Mulder klang wie betäubt, als er gestand: „Ja, ich habe Mostows Messer gestern im Beweismittelraum untersucht.“

„Warum?“

„Weil ich . . . es halten wollte. Ich wollte wissen, wie es sich in meiner Hand anfühlt.“

„Aber warum? Und warum haben Sie keine Handschuhe getragen?“

Er schwieg. Er ahnte, daß eine Antwort alles nur noch schlimmer machen würde, also gab er ihr die Information, die tatsächlich wichtig für sie war. „Hören Sie, Scully, ich habe es nicht gestohlen.“

Bleierne Stille folgte, und Mulder wußte, daß Scully sich fragen mußte, wie weit sie ihm noch vertrauen konnte und ob sie in diesem Fall hinter ihm stehen sollte oder nicht. Scully war eine starke und loyale Partnerin, doch vor allem anderen war sie ihrem eigenen Gewissen und ihrer unbestechlichen Dienstauffassung verpflichtet.

„Okay, Mulder, hören Sie mir jetzt genau zu“, brach sie das gespannte Schweigen. „Ich möchte, daß Sie genau da bleiben, wo Sie sind. Ich werde in ein paar Minuten bei Ihnen sein. Und dann werden wir uns gemeinsam mit dieser Sache beschäftigen. Okay?“

Erneut hatte Mulder keine Antwort für sie. Sie war auf seiner Seite, aber sie war der festen Ansicht, daß er sich verrannt hatte – das konnte er an ihrer Stimme erkennen. Sein Blick wanderte zu der neuen Skulptur hinüber, der Skulptur mit dem traurigen Gesicht, deren Ton noch immer feucht war.

„Mulder?“ hörte er noch einmal Scullys Stimme.

„Ja . . .“ entgegnete er. Es war nur noch ein Flüstern.

Die Verbindung wurde getrennt, und Mulder stand wie benebelt in dem Zimmer. Er legte Nemhausers zerrissenen Mantel ab und plazierte das Handy auf ihm. Er wollte Gewißheit, doch dafür mußte er etwas tun, was ihm schon beim bloßen Gedanken den Magen umdrehte. Für einen Moment sammelte er sich, atmete tief durch und ging dann zu dem neuen Gargouille hinüber.

Eindringlich betrachtete er das Gesicht der Büste und ihren auffallend wehmütigen Ausdruck. Mit einem wachsenden Gefühl der Übelkeit ließ er seine Fingern über die Konturen gleiten, ehe er an dem glitschigen Ton zu zerren begann. Erst vorsichtig, dann immer aggressiver, riß er ganze Hände voller Ton aus der Skulptur. Er brauchte nur Sekunden, um das freizulegen, was er zu finden befürchtet hatte: Es war Greg Nemhausers Gesicht, das ihm aus dieser Totenmaske entgegenstarrte.

16

Während Mulder noch um Fassung rang, fiel ein Schatten über ihn. Der Schatten glitt an ihm vorbei und kroch dann über das Gesicht der Skulptur, die kohlschwarze Silhouette eines Mannes, der im blauen Licht des vorderen Ateliers stand. Mulder spannte sich, zog seine Waffe und wirbelte herum – und erkannte Patterson, der hinter ihm gestanden hatte.

Mulder schluckte und ließ die Waffe sinken.

„Mulder . . .“ begann Patterson.

„Was machen Sie hier?“ fragte Mulder.

„Was machen *Sie* hier?“ konterte Patterson.

Doch Mulder antwortete nicht. Er folgte Pattersons Blick zu dem verstümmelten, tonverkrusteten Torso auf der Töpferscheibe.

„Das ist Nemhauser.“ Mulders Stimme war spröde wie Sandpapier.

Patterson trat durch die Brettertür und näherte sich der Skulptur. Trotz des grauenhaften Anblicks machte er einen sonderbar ungerührten Eindruck.

Mulder blickte auf Pattersons Hände – und plötzlich verstand er. „Aber das wußten Sie schon, nicht wahr?“

Ungehalten fuhr Patterson herum. „Was soll das heißen?“

„Sie haben ihn umgebracht, Bill. Als er Sie als Mörder verdächtigte." Mulder hob erneut die Waffe und richtete sie auf Patterson. „Sie haben Nemhauser getötet."

„Sind Sie verrückt?" bellte Patterson.

Noch vor einer Stunde hatte Mulder sich diese Frage selbst gestellt. Nun aber kannte er die Antwort. „Ich nicht. Jetzt nicht."

„Stecken Sie die Waffe weg", befahl Patterson.

„Nicht, ehe Sie mir sagen, was Sie hier zu suchen haben!"

„Was ... ich ... hier ... zu suchen habe?" Pattersons Stimme steigerte sich zu einem Brüllen, ehe sie wieder leiser wurde und verklang, da ihm bewußt wurde, daß er keine plausible Antwort parat hatte.

„Sie können sich nicht erinnern, nicht wahr?" setzte Mulder nach. Pattersons Verwirrung war vielsagend – Erinnerungslücken stellten ein typisches Symptom der multiplen Persönlichkeitsstörung dar. „Sehen Sie sich Ihre Hände an", schlug Mulder vor.

Patterson hob die Hände. Sie waren mit getrocknetem Ton verkrustet. Verwundert betrachtete er sie, als wären es die Finger eines ganz und gar Fremden.

„Und es gab noch mehr Gelegenheiten." Mulder ließ sein Gegenüber keine Sekunde aus den Augen. „Gelegenheiten, über die Sie keine

Rechenschaft ablegen können, Dinge, an die Sie sich nicht erinnern können. Vielleicht haben Sie sogar gedacht, Sie hätten das alles nur geträumt.“

Pattersons verwirrte Miene bestätigte Mulders Vermutungen.

„Jetzt fragen Sie sich selbst“, fuhr Mulder fort, „was Sie hier machen.“

„I-ich bin nicht sicher . . .“ Pattersons Stimme zitterte, seine Schultern sackten herab, und er blickte Mulder aus großen hilflosen Augen an.

Als Mulder ihm die Antwort gab, klang seine Stimme nicht anklagend – nur unendlich müde und mitfühlend.

„Sie sind hier, weil Mostow Ihnen drei Jahre Ihres Lebens gestohlen hat. Seit drei Jahren leben und träumen Sie jeden Tag und jede Nacht in jenem Horrorkabinett, das in seinem Kopf war . . .“

Patterson war blaß. Er schwitzte, und seine Pupillen waren gefährlich erweitert.

„Sie haben sich vorgestellt, was er sich vorgestellt hat. Sie sind tiefer und tiefer in diesen Schrecken eingetaucht – ganz genau so, wie Sie's uns beigebracht haben. Aber als Sie ihn dann endlich hatten . . . da war es nicht vorbei. All das Grauen blieb in Ihrem Kopf lebendig. Sie konnten es nicht einfach wegsperren, so wie Sie Mostow weggesperrt haben.“

Noch während er sprach, wußte Mulder, daß er

Patterson nicht zu weit treiben durfte. Die dünne Schicht psychischen Leims, die ihn noch zusammenhielt, löste sich unter dem Druck und der Klarheit von Mulders Worten allmählich auf.

Mulder erkannte, wie der Wahnsinn langsam in Pattersons Augen schlich. Doch er konnte nicht an sich halten. Endlich hatte er die Wahrheit herausgefunden – und Patterson mußte ihm zuhören, ehe der Gargouille sein nächstes Opfer fordern konnte.

„All das Grauen." Mulders Stimme schwankte, doch er behielt sich unter Kontrolle. „Es blieb in Ihnen wach . . . bis es hervorkommen mußte. Aber Sie waren nicht wie Mostow. Sie wollten nicht tun, was Sie taten. Sie wollten, daß es aufhört, aber Sie konnten ihm nicht Einhalt gebieten. Nicht allein. Deshalb haben Sie mich zu diesem Fall hinzugezogen. Und deshalb konnten Sie mich nicht töten, als Sie die Gelegenheit dazu hatten."

Mulder hielt inne, als plötzlich ein greller Lichtstrahl seine Augen traf und ihn blendete.

„Mulder, was zum Teufel tun Sie da?" verlangte Scully zu wissen.

Sie stand in der Tür zu dem Atelier, und ihre Waffe zielte in die gleiche Richtung wie das Licht.

„Scully, hören Sie auf mich zu blenden!"

„Erst legen Sie die Waffe weg!"

„Sie verstehen nicht . . ."

„Dann helfen Sie mir zu verstehen, warum Sie Ihre Waffe auf Agent Patterson richten . . ."

Ohne Vorwarnung zog Patterson seinen Vorteil aus der Situation. Er stürzte die Nemhauser-Skulptur in Mulders Richtung und brachte ihn damit zu Fall. Vollends verunsichert eilte Scully in den Raum, doch Patterson, nicht minder schnell, wirbelte herum und stieß sie ebenfalls zu Boden.

Überrascht nach Luft schnappend ging Scully in die Knie – das Letzte, womit sie gerechnet hatte, war ein Angriff von seiten Pattersons. Gleich darauf war Mulder neben ihr und half ihr auf die Beine.

„Mulder . . .“

„Er ist es, Scully.“ Mulder sparte sich weitere Erklärungen. Er schnappte sich seine Waffe und hetzte hinter Patterson her. Scully wußte, daß sie keine Fragen mehr stellen mußte, und nur Sekunden später war sie direkt hinter ihm.

17

Patterson stürzte aus Mostows Atelier hinaus auf den dunklen Korridor. Die Hände nach vorn gereckt rannte er davon, mit entsetzt geweiteten Augen und dem Ausdruck grenzenloser Verständnislosigkeit. Ein Instinkt führte ihn, als er eine Treppe hinaufstieg und die Halle in Richtung Laufsteg durchquerte. Er keuchte bereits vor Anstrengung, als er die Metalleiter erreichte, dennoch zwang er sich, die steilen Sprossen zu erklimmen . . .

Mit erhobener Waffe rannte Mulder hinter Patterson her. Er war dankbar für den Lichtkegel aus Scullys Lampe, der ihm von hinten den Weg beleuchtete. Trotzdem war Patterson rasch außer Sichtweite. Doch Mulder konnte sich denken, wohin er flüchtete – schließlich hatten Gargouilles schon immer eine besondere Beziehung zu Dächern gehabt . . .

Panik jagte stoßweise Adrenalin durch Pattersons Blutbahnen. Kaum daß er die schmale Metallbrücke erreicht hatte, begann er erneut zu rennen. Das Atmen fiel ihm immer schwerer, und die

Laufplanke bebte heftig unter seinen Tritten, aber er verlangsamte seine Schritte nicht. Er hetzte über den Steg, bis er eine Metalltür erreicht hatte, die auf das Dach hinausführte, er riß die Tür auf – und war gleich darauf in den tiefen Schatten der Nacht verschwunden . . .

Mulder und Scully traten ebenfalls auf das mit Teerpappe gedeckte Dach hinaus. Scully überprüfte die Umgebung mit Hilfe ihrer Taschenlampe. Aufmerksam musterte sie die beiden versetzt angeordneten Dachflächen: Kalter Wind fegte durch das Durcheinander aus Schornsteinen, Rohren und Lüftungssystemen und brachte das Metall zum Singen, doch davon abgesehen war kein Geräusch zu hören und keine Bewegung zu sehen. Über ihnen ballten sich dunkle Wolken am Himmel zusammen, die ersten Vorboten eines aufkommenden Unwetters.

Nach einem kurzen Blickwechsel stimmten sie schweigend überein, sich zu trennen. Mulder sprang auf das niedrigere Dach hinunter.

Die Szene erinnerte ihn nur allzu deutlich an seine letzte Begegnung mit dem Gargouille. Während er seine Waffe fest umklammert hielt, versuchte er das fatale Gefühl der Vertrautheit niederzuringen, das diese Situation in ihm erzeugte. Die Geschichte wiederholte sich. *Rituelle Muster gewinnen mit jeder Aufführung an Energie und*

Macht, dachte er unwillkürlich. Auch das Muster eines Serienmörders . . .

Scully untersuchte das obere Dach, und ihre Waffe folgte stets dem Lichtkegel ihrer Lampe. Leise bewegte sie sich und achtete sorgsam darauf, nicht in die schmutzigen Pfützen zu treten. Sie zitterte. Mit jeder Sekunde wurde es kälter, und ihre Atemluft stieg wie eine Dampfwolke vor ihr auf.

Sie bemühte sich noch immer, die Tatsache zu begreifen, daß Bill Patterson der zweite Mörder war und daß er ebenso krank und gefährlich war wie John Mostow. Und jetzt war er irgendwo hier draußen, verbarg sich im Schatten und wartete auf sie . . .

Auf dem niedrigeren Dach starrte Mulder in die Finsternis, blickte hinter Schornsteine und Heizungsrohre und lauschte angestrengt auf jedes Geräusch. Doch das einzige, was er außer seinem aufgeregten Herzen hören konnte, war sein eigener rauher Atem und das Wispern des Windes. Da war nichts außer Schatten und die finstere Nacht um ihn herum.

Tastend ging er ein paar Schritte weiter. Plötzlich hörte er ein Rascheln hinter sich. Er wirbelte herum, zielte und feuerte im Bruchteil einer Sekunde.

Das Geräusch des Schusses scheuchte einen

Taubenschwarm auf, der sich wild mit den Flügeln schlagend in den dunklen Nachthimmel erhob. Mulder spüre, wie Erleichterung ihn durchströmte. Er sah auf und blickte in Scullys Augen. Beinahe konnte er ihre Gedanken lesen: Großartig. FBI-Agent vertreibt erfolgreich gefährliche Tauben.

Er entspannte sich und hielt die Waffe ein wenig lockerer, dann kletterte er auf eine niedrige Mauer aus Hohlblocksteinen und von dort aus auf eine weitere Dachebene. Es begann zu regnen.

Mulder landete sanft – und wurde im gleichen Augenblick von einer düsteren Gestalt niedergeschlagen. Seine Waffe landete einige Fuß weit entfernt, und Mulder versuchte noch, nach ihr zu hechten, doch die Kreatur hielt ihn mit eisernem Griff. Heftig setzte er sich zur Wehr, versuchte, nach dem Angreifer zu treten, eine Hand aus seinem Zugriff zu befreien, um nach seinen Augen zu stoßen, bemühte sich, freizukommen. Doch die Bestie umklammerte ihn mit einer geradezu unmenschlichen Kraft.

Schließlich blickte Mulder der grotesken Kreatur direkt ins Gesicht, und es war schlimmer – so unglaublich viel schlimmer – als das, was Mostow wieder und wieder gezeichnet hatte. Der Modergeruch und der eisige, stinkende Atem der Bestie verursachten ihm Übelkeit. Das weiße, maskenhafte Gesicht schien eine zum Leben erweckte Skulptur Mostows zu sein, und der brennende

Wahnsinn in den Augen des Wesens war mit nichts vergleichbar, was Mulder je zuvor gesehen hatte.

Das Monstrum hob den Arm. In seiner Hand, fest umklammert von langen, klauenartigen Krallen, blitzte eine Klinge. Grellweiß spiegelte sich das kalte Mondlicht auf dem Metall. Die Klinge sauste nieder – und Mulder rollte sich weg, als das Hobbymesser durch seine Jacke drang und ihm den Arm aufschlitzte. Verzweifelt versuchte er noch einmal, nach seiner Waffe zu greifen, nur um festzustellen, daß die Kreatur ebenfalls die Arme nach ihr ausstreckte . . .

Scully hörte die Kampfgeräusche und spurtete zur Dachkante. „Mulder?“ keuchte sie. „Sind Sie in Ordnung, Mulder?“

Sie kam zu spät. Ein Schuß löste sich, und im Licht der Straßenlaternen konnte sie eine dunkle Gestalt erkennen, die über die niedrige Mauer taumelte und auf das angrenzende Dach stürzte.

„Mulder!“ schrie sie, während sie sich an einer Leiter auf das niedrigere Dach hinunterhangelte.

Mühsam und unter Schmerzen kam Mulder auf die Beine und trat an die niedrige Mauer heran. Schweratmend richtete er seine Waffe auf den mächtigen Körper des Gargouilles. Die Gestalt lag im Schatten, das Messer noch immer fest umklammert, und rührte sich nicht mehr.

Scully erreichte sie zuerst. Sie blickte auf und

erkannte, daß Mulder sich ihnen näherte. „Sind Sie in Ordnung?“

Mulder nickte schwach und half Scully, den Angreifer auf den Rücken zu drehen. Scheinbar war sie nicht im mindesten überrascht, Bill Patterson vor sich zu sehen.

Mulder trat verblüfft zurück und versuchte, den erschlafften Körper Pattersons mit dem Wesen in Einklang zu bringen, das ihn gerade attackiert hatte. Er wußte, daß es keine Einbildung gewesen war. Zwar war er einer Lösung des Falls nicht näher als zu Beginn seiner Ermittlungen, doch nun war er fest davon überzeugt, daß der Gargouille real war. Und zu unterschiedlichen Zeitpunkten waren sowohl John Mostow als auch Bill Patterson von ihm besessen gewesen.

Scully legte die Finger an Pattersons Halsschlagader. „Wir sollten einen Krankenwagen rufen“, sagte sie. „Sein Puls ist noch stark.“

Sie begann, an dem Mann eine Herz-Lungen-Massage vorzunehmen, während Mulder sein Handy hervorzog und wählte. Auch als er sprach, wandte er den Blick nicht von Patterson ab. „Hier ist Special Agent Mulder“, begann er. „Ich habe hier einen Verwundeten . . .“

Wenige Minuten später steckte Mulder sein Handy wieder ein – und da erst bemerkte er sie. Hoch oben auf dem Dach eines gegenüberliegenden Gebäudes befand sich eine verwitterte Steinfigur. Mit dem Schmutz vieler Jahre überzogen, hockte der Gargouille an der Dachkante und überschaute die blutige Szenerie gleich einem Boten der Hölle. Mulder schauderte. Er zweifelte nicht daran, daß etwas, irgend etwas in diesem Gargouille sie beobachtete. Beobachtete und auf den nächsten unglücklichen Menschen wartete, von dem es Besitz ergreifen konnte . . .

18

Zwei Wochen später statteten Mulder und Scully, begleitet von einem Wärter und einem Psychiater des D.C. Staatsgefängnisses, Bill Patterson einen Besuch ab.

Schon am anderen Ende des Zellenblocks konnten sie seine Schreie hören.

„Er schreit Tag und Nacht", schimpfte der Wärter. „Der hört kaum auf, um zu schlafen. Allmählich treibt er uns die anderen Insassen zum Wahnsinn."

Angesichts dieser ungewollt paradoxen Äußerung mußte Scully schmunzeln. Wieder ernst geworden wandte sie sich an den Psychiater des Gefängnisses. „Dann sind Sie also auch der Ansicht, daß Agent Patterson an einer multiplen Persönlichkeitsstörung leidet?"

„Das haben unsere Untersuchungen bisher ergeben", erwiderte der Mediziner zurückhaltend. „Agent Patterson zeigt die üblichen Symptome: Erinnerungslücken und wenigstens zwei verschiedene Persönlichkeiten, die um die Kontrolle wetteifern. Er leidet auch unter Soziopathie und einer Zwangsneurose . . ."

Mulder schwieg. Ganz gleich, wie viele klinische Fachausdrücke Scully und dieser Seelenklempner Patterson und Mostow auch zuwiesen, sie würden doch nie mehr als die halbe Wahrheit erkennen.

Scully schüttelte den Kopf. „Ich kann immer noch nicht glauben, daß ein Mensch, der sich mit Leib und Seele dem Dienst am Gesetz verschrieben hat, plötzlich zu einem bösartigen Verbrecher wird."

Der Psychiater nickte mit verhaltener Zustimmung. „Ja, ich denke, Pattersons Handlungen waren bösartig . . . aber das bedeutet nicht, daß er es auch ist."

„Wie das?" mischte sich Mulder mit plötzlichem Interesse ein.

„Wenn Sie von Bösartigkeit sprechen, dann gehen Sie von einer dahinterstehenden, bewußten Kontrolle aus", erklärte der Psychiater. „Sie müssen aber begreifen, daß Serienmörder wie Patterson oder Mostow von Kräften angetrieben werden, die sich ihrer Kontrolle vollständig entziehen."

Als sie Pattersons Zelle erreichten, wandte sich der Wächter mit einem müden Ausdruck an die Besucher. „Was auch immer ihn antreibt, ich wünschte, es würde ihn zum Schweigen bringen."

Mulder mußte mit ansehen, wie sich Patterson gegen die Gitterstäbe warf und sie mit seinen geschwärzten, blutigen Fingern umklammerte. Es war unfaßbar, daß dies derselbe Mann sein sollte, mit dem er vor acht Jahren zusammengearbeitet hatte. Der brillante, grimmig entschlossene Agent, der sein ganzes Leben dem einen Ziel untergeordnet hatte, die Straßen von menschlichen Bestien freizuhalten.

Pattersons Augen blickten wirr, und auf seinen Wangen glitzerten Tränen. „Hört ihr mir zu?“ brüllte er. „Um Gottes Willen, hört mir denn niemand zu? Ich habe es nicht getan! Das war nicht ich! Ich habe sie nicht getötet! *Bitte*!“

Nur selten verschwendete Mulder sein Mitgefühl für Mörder, doch er mußte feststellen, daß er für Bill Patterson tiefes Bedauern empfand. Er wünschte, es gäbe eine Möglichkeit, ihn von seiner Qual zu befreien – doch er wußte genau, daß es keine Mittel und Wege gab. Patterson stand unter dem Einfluß einer Macht, die weit stärker war als er. Der eindeutige Beweis dafür befand sich auf der Rückseite seiner Zelle, wo die Umrisse des verzerrten Gesichts eines Gargouilles sichtbar wurden: spitze Ohren, ein lauerndes Grinsen und wahnsinnige Augen. Und jede einzelne Linie war mit Pattersons eigenem Blut gemalt.

Am Abend saß Mulder in seinem heimischen Büro und machte sich abschließende Notizen über den Fall. Die Wände des Raumes waren nun wieder kahl und weiß. Die Abbildungen der Gargouilles waren fort. Nur eines der Bilder hatte Mulder behalten und vor sich auf den Schreibtisch gelegt.

Wir arbeiten im Dunkel, schrieb er. *Wir tun, was wir können, um das Böse zu bekämpfen, das uns sonst zerstören würde.* Seine Gedanken wanderten zu Patterson, zu dem Mann, der er vor acht Jahren gewesen war und mit dem er sich erbitterte Auseinandersetzungen geliefert hatte. *Aber wenn der Charakter eines Mannes sein Schicksal ist, dann findet dieser Kampf nicht aus freien Stücken statt, sondern aus Berufung.*

Doch manchmal zwingt uns das Gewicht dieser Bürde in die Knie, brechen die fragilen Mauern unseres Geistes zusammen und gestatten es den Monstern einzudringen. Mulder warf einen letzten Blick auf den Gargouille und versuchte, sich vorzustellen, was Mostow und Patterson gesehen haben mochten. *Und wir anderen, wir bleiben allein am Abgrund zurück . . . Wir bleiben zurück und starren in das lachende Gesicht des Wahnsinns.*

Akte X-Novels

Band 1
Garth Nix
Heilige Asche
Roman

Band 2
Ellen Steiber
Eve
Roman

Band 3
Easton Royce
Energie
Roman

Band 4
Eric Elfman
Unsere kleine Stadt
Roman

Band 5
Ellen Steiber
Parallele
Roman

Band 6
Les Martin
Frische Knochen
Roman

vgs verlagsgesellschaft Köln

Akte X-Novels

Band 7
Everett Owens
Mein Wille sei Dein Wille
Roman

Band 8
Les Martin
Der Parasit
Roman

Band 9
Ellen Steiber
Höllengeld
Roman

Band 10
Easton Royce
Das Experiment
Roman

Band 11
Everett Owens
Unruhe
Roman

Band 12
Ellen Steiber
Groteske
Roman

vgs verlagsgesellschaft Köln